아주 오래된 연애

아주 오래된 연애

결국 당신도 사라지겠지만

정법안 지음·정빛나 그림

마음
서재

프롤로그

누군가 내게 인생을 단 한마디로 표현하라고 한다면 그건 사랑이다. 사랑이 없다면 살아야 할 이유와 가치가 없다. 지금 이 시대는 인스턴트식 사랑에 익숙해서 자기 곁에 머물고 있는 존재의 소중함을 잘 알지 못한다. 이것이 내가 《아주 오래된 연애》라는 책을 펴낸 이유이다.

당신도 그렇지 않은가. 사랑하는 사람과 함께 식사하고 영화 보고 커피를 마시지만, 시간이 지나면 관계의 지루함을 견디지 못해 헤어지고 만다. 오랜 만남 끝에 오는 권태로움을 이기지 못하고 무너져버린다. 그 속에 진실한 사랑이 숨어 있음을 미처 발견하지 못하는 것이다.

책에는 내가 이십대 시절부터 지금에 이르기까지 틈날 때마다 쓴, 삼십여 년의 세월을 건너온 글들이 담겨 있다. 이십대에 쓴 글은 주로 젊은 시절에 느꼈던 사랑의 감정을 토로한 연서이다. 그리고 수많은 시간을 흘려보내면서 차츰차츰 느낀 삶과 사랑에 대한 사색도 있다. 내게는 절실한 '사랑의 비망록'이라고 할 수 있다.

그리움에는 누구나 대상이 있다. 나의 글들도 명명할 수 없는 그 어떤 그리움의 대상을 향하고 있다. 눈에 보이지는 않지만 막연하고 먹먹한, 어떤 사랑에게 보내는 연서이다. 그는 바로 지금의 아내일 수 있고, 혹은 내 곁에 있는 친구나 동료일 수도 있다.

언제부턴가 '아주 오래된 연애'라는 주제로 글을 써야겠다는 생각을 했다. 한 남자가 한 여자를 만나서 사랑을 한다는 의미는 무엇일까? 사람들은 지금 이 순간, 곁에 있는 사랑에 대해서 어떤 생각을 할까?

누구에게나 사랑은 절실하다. 그 사랑을 지키려고 누군가는 가슴 치며 아파하고 누군가는 사랑 때문에 행복해한다는 것을 나는 오래 기억하고 싶다.

사계四季의 어느 하루에

정법안

차례

004   프롤로그

1부   아주, 천천히 시간을 먹다

015   지난 사랑이 너에게 말을 건다면
017   사람 하나 떠나보내고
018   막차를 놓친 것처럼
020   길 위에서 보내는 편지
024   마약김밥
026   아주 오래된 연애
028   그대가 나의 그 사람인가 1
030   그대가 나의 그 사람인가 2
033   비가 오면 그대에게 전화를 걸고 싶다 1
034   비가 오면 그대에게 전화를 걸고 싶다 2
038   조약돌
039   아주, 천천히 시간을 먹다
040   그리운 것들은 다 멀리 있다
042   섬에서 쓰는 편지
046   당신 곁에서 잠들고 싶다
048   낯선 곳에서
050   남이섬 갈림길에서
053   자기만의 고독
054   눈물 무늬
056   결국 당신도 사라지겠지만
058   첫사랑
059   당신에게 가는 길
060   사랑은 추상적이다
063   별 하나가 지상으로 떨어졌다
064   그림자

2부   계절의 문턱에서 그대를 기다린다

069   꼭 그런 날
070   오랫동안 그리움 하나
072   슬픔은 빛깔이 없다
073   너에게 섬이 되어
074   그리움이 달처럼 깊어지면
076   사랑이라 말하는 것들
078   사랑이 가면 사랑이 온다는데
080   자작나무 숲에서
083   봄은 왔는데
084   그대가 두고 간 슬픔
088   사랑은 습작이라고
090   세월이 가면
091   봄여름가을겨울
094   사랑이라는 길
096   산다는 것은
098   연애편지
100   그대가 떠나고
103   아름다운 동행
105   외로워야 성숙해진다
106   사랑은 곁에 머무르는 것
108   멀리서, 가만히

3부   당신에게 쓰는 연애편지

113   그믐
114   사랑했었다는 말
116   눈 내리는 카페에서
118   슬픔은 눈물을 안다
119   먼 곳
120   그대에게 보내는 연애편지 1
124   그대에게 보내는 연애편지 2
126   그대에게 보내는 연애편지 3
128   그대에게 보내는 연애편지 4
131   그대에게 보내는 연애편지 5
135   그대에게 보내는 연애편지 6
138   홀로 걷는 시간
140   회상
144   빈자리
146   이 가을의 슬픈 기별
149   인생
150   우리가 들판의 나무라면
152   타클라마칸
154   잊고 있던 옛사랑
156   그 여자의 이름은 가을
157   겨울밤
160   아버지의 등대
162   가을 편지

4부 길은 다시 처음으로 되돌아간다

167 남이섬 가는 길

170 내가 홀로 여행을 떠나는 이유

172 바람이 뺨을 스치는 오후의 주절거림

174 길은 다시 처음으로 되돌아간다

176 사랑은 어떻게 시작될까

178 환幻

182 어느 겨울, 카페에서

184 눈먼 사랑

186 첫눈

188 누구나 한 번쯤은

190 상처

193 오랜 사랑의 얼굴

194 재즈가 있는 자라섬

196 진심

197 연가戀歌

200 빈터에서

202 비가 오는 날엔

203 외로움은 다 이유가 있다

204 사랑한다는 말을 하기 전에

5부   저물어가는 것들은 모두 아름답다

209   가을비 오는 날
210   시와 벚꽃
212   봄은 어디 가고 눈만 내렸다
213   달 밝은 밤
216   견딜 수 없는 것들이 있다
218   아내의 몸
220   슬픔은 깊어가고
221   그믐달
222   산다는 것
223   빗속을 걷다
224   꽃의 말
228   올 사람은 오고 갈 사람은 간다
230   섬에서 띄우는 편지
233   길이 멀고 험할지라도
234   익명의 섬
236   저물어가는 것들은 모두 아름답다

238   책에 사용한 그림들

1부

아주,

천천히
시간을 먹다

지난 사랑이 너에게 말을 건다면

늦은 저녁 퇴근길,
그리웠던 사람을 만나러 간다.
내 기억의 책갈피 속에
오래 머물다가
그냥 가버린 사랑이다.

카페테리아 커피 향이
마주 앉은 탁자 위에 번지고
그 사랑이 지금 나에게 말을 건다.
보고 싶지 않았느냐고…
어떻게 지냈느냐고….

익숙한 말과 낯선 말이
냉랭한 시간 사이에서 오고 가듯
옛사랑이 자꾸 내게 말을 걸지만
나는 못 들은 척 창밖을 바라본다.

그녀와 나는 기억의 한 소절을 붙잡고

과거를 떠올리지만
추억이란 쉽게 뿌리치기 힘든 것.

카페를 나서면서
나는 더 이상의 그리움을
가슴에 묻지 않으리라 생각했다.

어차피 추억은 흘러가버린 것이고
어차피 사랑은 아픈 것이다.

사람 하나 떠나보내고

섬이 보이는 가평역에서
사람 하나 떠나보내고 문득 하늘을 봤다.
꾸물꾸물 구름은 더디 오다가 일순간 폭우를 쏟는다.
함께 있을 땐 그 사람이 내 사랑임을 몰랐었다.
미련을 버리고 바람처럼 애써 발길을 돌리지만
몸은 공기처럼 가벼워지기는커녕 폭우에 다 젖고 있다.

기차는 그 사람을 데리고 이미 떠나버렸는데
역전엔 비 젖은 새가 나뭇가지에 외로이 앉아 있다.
울고 싶어도 뭉게구름이 눈물을 먼저 쏟아서
결국 눈물의 흔적을 다 지워버리고 말았다.
폭우가 가끔 쏟아지는 이 여름밤은 오래갈 것 같다.

그를 떠나보내고 나서야
그가 내 사랑임을 뒤늦게 나는 알았다.
아직도 나는 방황을 끝내지 못했다.

막차를 놓친 것처럼

막차를 놓친 것처럼
더는 기다림이 필요 없을 때
더없이 쓸쓸하다.

늦은 밤의 플랫폼은
적막과 짙은 어둠이 뒤엉켜
떠나는 사람들의 뒷모습을 감출 뿐,
막차를 놓친 밤은
미련이 없어 오히려 따뜻하다.

막차를 놓친 것처럼
이미 떠난 사람을 붙잡지 마라.
그런 어리석음을 갖지 마라.
한번 떠난 사랑은 다시 돌아오지 않는 것.

미련의 꽃이 자꾸 피면,
마음속은 상처로 멍울지고
더 이상 사람을 사랑할 수 없게 된다.

막차를 놓친 것처럼
사랑에 더 이상 미련을 가지지 마라.
이미 떠나버린 사람을 생각하지 마라.
그게 이별이고 그게 사랑이다.

길 위에서 보내는 편지

바다가 보이는 남도의 끝 해남에서
당신에게 한 장 편지를 쓴다.
제일 먼저 봄이라고 썼다가 지우고
다시 동백이라고 썼다가 지우고
지난겨울 당신을 사랑했었다고 쓴다.

쓰기 전엔 할 말이 가득했는데
막상, 적을 말이 도무지 생각나지 않았다.
먼저 마음이 달려간 탓이다.
달리 내가 당신에게 던질 말이 무엇 있겠는가.
천금의 말은 그저 몸 건강히 잘 지내느냐고
바다를 통해 안부를 물었을 뿐,
늘 당신은 내게 소식조차 주지 않았다.

길을 나서면 어디서든 날은 저물기 마련,
발 딛는 곳마다 모두 내 집임을 느끼다가
사랑이 없는 곳엔 모두 외로움뿐이라는 걸 깨닫는 순간,
쓰고 있는 이 편지도 찢어버렸다.

먼저 띄운 편지조차
아직 당신에게 가닿지 않았다는 걸,
이미 푸른 바다가 그것을 전해주었기 때문이다.
아니 지나친 그리움은 아픔만을 낳는다는 걸
뒤늦게 알았던 탓이다.

날이 지날수록 그리움은 쌓이고
아무도 내 소식을 기다리지 않는다는 것을 알면서도
내가 지나치게 그리움을 만드는 것은 아닐까.
그걸 모르는 나는 참 바보다.
하지만 그게 또 삶이라는 걸 뼈저리게 느끼는 저녁.
그대여 내가 돌아가는 날까지
그저 건강하게 있어달라.

날이 지날수록 그리움은 쌓이고
아무도 내 소식을 기다리지 않는다는 것을 알면서도
내가 지나치게 그리움을 만드는 것은 아닐까.

마약김밥

아내가 광장시장통에서 마약김밥을 사왔다.

매콤한 게 입안에 착 달라붙었다.

음식에 마약김밥이라고 이름을 붙이면

마약단속반에서 당장 수색영장 들고 오지 않나,

그거 참 이름 한번 괴상하네.

홀로 중얼거리면서 한입 물었다.

그때 기어이 아내가 말했다.

그냥 먹기나 해요. 맛있잖아요.

아, 그래 맛있어. 당신이 사와서 더 맛있어.

그 순간 수많은 마약 이름들이 빠르게 머릿속에 지나갔다.

히로뽕, 대마초, 코카인, 모르핀, 아편, 헤로인…

또 뭐가 있더라.

아내가 그때 맞장구쳤다.

양귀비 있잖아.

아 맞다. 당신 양귀비도 아네. 그게 아편이야.

그때 갑자기 스물한 살 때 아내의 예쁜 얼굴이 생각났다.

그래 당신이 내게 바로 마약이었지.

하루도 볼 수 없으면 미칠 것 같았던 당신이 바로 마약이었지.

그런데 그 마약 같은 당신은 어디 가고
할멈 같은 당신이 내 곁에 있지.
속으로 중얼거리며 아내의 얼굴을 쳐다보았다.
밥에 말아 먹지도 못하는 그놈의 돈 안 되는 시 쓴다고
무려 삼십 년을 애먹인 나 때문에
주름살 왕창 새겨진 아내.
아냐, 지금도 예뻐.
아냐, 매일 구박하는데 내겐 마귀야.
오만 가지 생각이 머릿속에 바로 비 되어 내리는데
그때 그 시절 그 마약 같은 사랑을 다시 하고 싶은데
마약 같은 아내가 도무지 관심이 없어서
나는 그냥 잠만 잤다.
이선희의 노래 〈아! 옛날이여〉만 생각나네.

아주 오래된 연애

색 바랜 수첩이나 낡은 가구처럼
우리 사랑은 너무 오래 만나서
부족함이 없고 때론 따분해서
봄날 나른한 식곤증 같은 것.

비록 약속은 하지 않았어도
마치 괘종시계와도 같아서
처음 만났던 그곳 그 자리에
그대가 꼭 있을 것만 같은
깊은 착각에 빠지기도 하지.
그러나 우리 사랑은
결국에는 돌아오고야 마는
말없음의 물음표와 같은 것이지.

서로의 마음을 전부 안다고 생각하지만
이미 열정과 열병도 지난 지 오래.
어쩌면 서로에 대해
우리는 아무것도 몰랐는지도 몰라.

우리 사랑은 그게 함정이었어.

몇 번이나 이별을 생각한 적도 있었지만
그 지나온 세월이 아까워서
눈물을 머금거나 아파하기도 하지.
그게 아주 오래된 연애의 오류이지.

가끔은 처음 만났던 그 시절로 돌아가서
그 설렘으로 남은 날들을 견디는 것.
그게 사랑이고 그게 행복임을.
그게 아주 오래된 연애임을.

그대가 나의 그 사람인가 1

그대를 바라본다.
그대가 나의 그 사람인가.
눈 내리는 겨울 거짓말처럼 만나
거짓말처럼 사랑을 하고 아이를 낳고
나를 위해 한없이 울어주던 사람,
그대가 바로 나의 그 사람인가.

지금 그대를 바라본다.
눈가에 도는 주름살
겨울 산보다 더 깊은 눈빛의 그대를 바라보면
사랑하는 사람아 사랑하는 사람아
마음속으로 불러보는 그대.

이미 많은 세월이 붉은 저녁 강처럼 흘러가고
우리가 한 몸으로 떠받치는
세상의 아름다운 함몰 속에서
서로가 지탱하며 살아올 수 있었던 것은
그래 그래 사랑 때문이었지.

그대를 다시 바라본다.
몸과 마음을 섞고 살아온 그 많은 세월
나는 아직도 그대의 작은 꿈조차 모르고
그대의 진정한 행복조차 모르고
얼마나 많은 슬픔과 아픔을 던져주었는지.

사랑하는 사람아
아득한 저녁 어귀에서 오늘 뉘우친다.

그대가 나의 그 사람인가 2

그대가 나의 그 사람인가.
음악이 흐르는 조용한 카페,
지금 우리는 오랫동안 만난 연인처럼
마주 앉아서 서로를 보고 웃고 있다.
어린 시절, 세상의 모든 슬픔을 안은 듯이
하염없이 바라보던 그대가
그때 그 사람인가.

옛날 그 시절 우리의 꿈은
둘이 함께 누울 수 있는 지상의 방 한 칸과
버트런드 러셀의 책들과
낡은 시집을 꽂을 수 있는 책꽂이 몇 개와
버릴 수 없는 사랑뿐이었다.

바람이 불면 하염없이 흘러내리는
가을 붉은 낙엽 속에서
노을의 건반을 밟으며
한잔 커피를 마시고

우리가 나누던 분명한 약속들이
아직도 귓가에 생생한데
그대는 지금 나의 그 사람인가.

많은 세월이 흐른 지금
한때는 아파하지 않아도 될 이별 같은 것도 있었지.
앉은 자리마다 피던 그리움의 꽃들도 다 지고
더 이상 아파하지 않아도 될 이별이란 별도 있었지.
하지만 우리를 아프게 했던 그 이별의 별은
하늘을 봐도 더 이상 빛나지 않는다.

그래, 그런 그대가 지금 내 앞에 앉아 있다.
접었던 추억의 노트를 다시 펼치고 있다.

비가 오면 그대에게 전화를 걸고 싶다 1

모처럼 비가 오면
문득 그대에게
한 통의 전화를 걸고 싶어집니다.

아무런 뜻도 없이
그대 목소리를 듣는 동안
조용히 마음속에
파문이 일어납니다.

그대여 이것이 사랑입니까.
가슴 저리며 눈물 나는
애절한 그리움입니까.

비가 오면 생각나는
그대의 마음이 오늘 따라
전류가 흐르듯이 와닿습니다.

비가 오면 그대에게 전화를 걸고 싶다 2

겨울비가 내리는 저녁 길을
추적추적 홀로 걷고 있습니다.
괜히 이런 날이면 그대가 생각나서
전화를 걸고 싶습니다.

해풍 짙은 그대 머리칼,
지금 나는 쓸쓸한 목소리로
그대 마음을 감전시키고 싶습니다.
파도를 닮은 그대 청아한 목소리
오늘 나는 그대에게 감전당하고 싶습니다.

내 목소리는 한 줌 바람이 되어
도시의 급류를 타고
그대 귓가에 영원히 머물고 싶습니다.

수화기를 들고 수신인이 없는
이쪽과 저쪽의 거리를 가늠하면
손끝에 떨리는 혼란의 시간.

비가 오면 젖을 대로 젖어

지금 나는

그대에게 전화를 걸고 싶습니다.

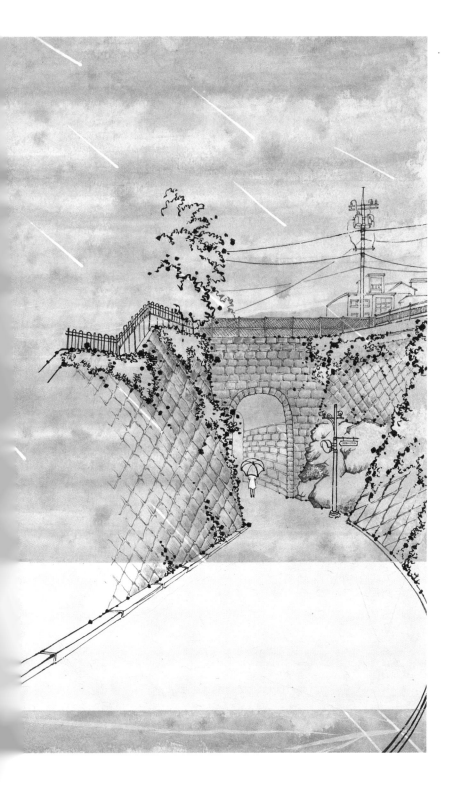

조약돌

파도가 너의 몸을 얼마나 때렸기에
너의 몸은 이리도 단단한가.
사랑이 깊어갈수록 이별이 두렵고
이별 뒤엔 남은 추억을 기억하는 게 두렵다.
슬픔이 오래가면 그 내성도 강해지는 법,
얼마나 많은 파도와 물결이 내 몸을 때려야
너처럼 아픔을 견디며 나도 단단해질 수 있을까.

산다는 건 세월이 흐를수록 수척해지는 것.
겨우 한 뼘에 불과한 미약한 너의 존재,
너를 통해 비로소 나는 견디는 법을 배웠다.
그게 인생이라는 걸
너는 내게 가르쳐주었지.
나도 너처럼 아픔으로부터 단단해질게.
미안하다, 내 사랑아.

아주, 천천히 시간을 먹다

암자에 머물러 있다.
하루가 천 일 같은 오늘,
지금 나는 아주 천천히
시간을 먹고 있다.

흐르는 물소리도 먹고
바람 소리도 먹고
풍경 소리도 먹고
내가 뱉은 고독도 먹고 있다.

목구멍에 가시로 박힌 시
그 문장을 뱉어내고 있다.

하루를 살아도
세속의 천 일보다
더 고독한 하루를
뼈째로 삼키고 있다.

그리운 것들은 다 멀리 있다
— 새벽에 주절거리다

그리운 것들은 다 멀리 있다.
멀고 먼 섬처럼 아득하게 있다.
그 섬에는 자주 안개가 끼고
비가 내리고 폭풍이 분다.

애인은 어떻게 지내고 있을까?
지나가는 바람에 안부를 재차 묻지만
한여름이 다 지나가도록
나의 애인은 기별 하나 주지 않는다.
몸속에서 그리움이 다 빠져나간 탓이다.

바람도 불다가 지치면
쓰러진 식물들의 몸을 일으켜 세우는데
한번 부러진 사랑은
낡은 필름처럼 재생되지 않는다.
자주 안개가 우리들의 사랑을 가로막은 탓이다.

왜 그리운 것들은 모두 멀리 있는가.

지금 나는 그대에게 가고 싶다.

그 섬에 가서 이쁜 새끼 하나 낳고 살고 싶다.

내뱉으면 모두 시가 되는

그런 섬에서 죽을 때까지 살고 싶다.

섬에서 쓰는 편지

반은 그대를 사랑하고
반은 그대를 미워하는 마음으로
여름이 깊어가는 섬에서
그대에게 편지를 띄웁니다.

가끔 시간을 내어 찾는 섬이지만
오고 갈 때마다 낯설어지는 건 무슨 까닭일까요.
저물어가는 것들은 모두 아름답다는 생각을 하면서
갈림길을 홀로 타박타박 걸었지요.

오리들이 제 새끼와 더불어 강변을 따라 놀고
아카시아 꽃잎이 바람에 날리고 있었지요.
통나무로 얼기설기 엮어서 만든 그 길을 따라서
시간들은 흐르는 강물을 따라서
나와 함께 깊어가고 있었지요.

누구는 자신의 인생에 대해 성공을 했고
또 누군가는 실패를 했다고 떠들지만

사실, 인생에서 성공과 실패란 있을 수 없습니다.
자신이 행복하다면 그게 성공이고
불행하다면 실패일 수도 있지만
감히 누가 인생에 대해 논할 수 있겠습니까.

그것들은 지극히 개인적인 삶일 뿐입니다.
이 자리에서 지는 해를 바라보며
느끼는 지금 이 순간이
가장 행복한 건 아닌지요.

세상에 도도하지 않은 것은 하나도 없습니다.
저 흐르는 강물도 도도하고
한가롭게 놀고 있는 철새들도 도도합니다.
나만이 최고라는 생각은 착각입니다.
행복은 버림으로써 얻는 것이 아닌지요.

그러므로 지금 이 순간부터 나를 버리세요.
나를 버리고 저 시간 속으로 빠져보세요.

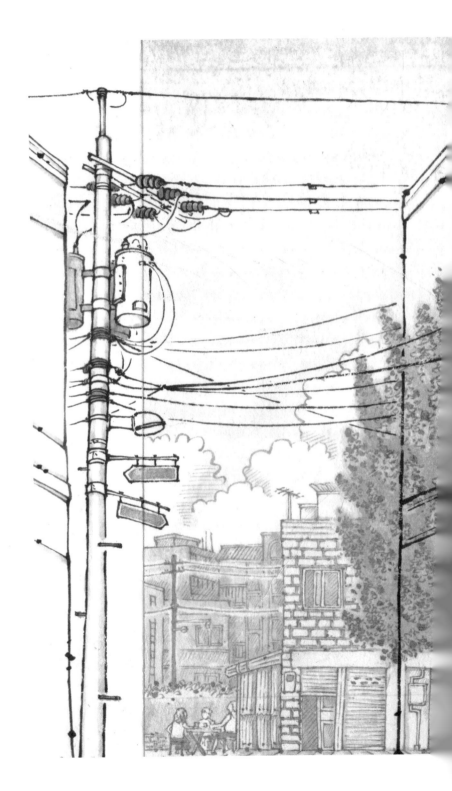

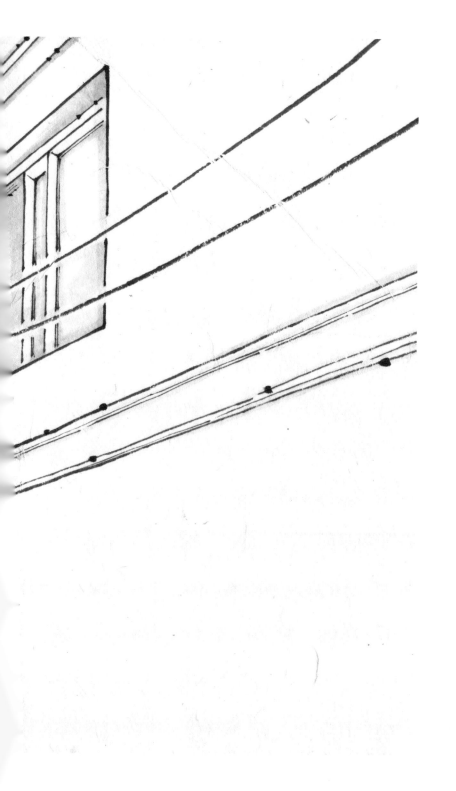

당신 곁에서 잠들고 싶다

당신과 같은 방을 쓰지 않은 지 많은 시간이 흘렀다.
벽 하나를 사이에 두고
지금 당신이 무엇을 하고 있는지
내가 무엇을 하고 있는지 당신은 모른다.
아니, 서로에 대해 도무지 관심이 없는 것이다.
이를 우리는 무관심이라고 한다.

사랑에도 알 수 없는 미세한 느낌이 있다는 걸 나는 알지만,
세월이 흐르면서 우리 사이에 놓인 벽이 너무 두꺼워서
어떤 게 사랑인지 감각조차 잃어버리고
그 사랑의 언어마저 잃어버린 지 오래이다.

사랑이 느낌과 감각을 잃어버리면
방 안에는 더 이상 따뜻한 공기가 흐르지 않고
차가운 기류만 흐르게 된다.
가끔은 당신 곁에서 잠들고 싶지만
당신은 나를 허락하지 않는다.
그걸 우리는 단절이라고 부른다.

해야 할 말들은 길을 잃고 늘 방 안을 떠돌고
방에는 부러진 안경다리와 수북하게 쌓인 담배꽁초,
컴퓨터와 쓰다 만 원고지만 가득하다.

당신을 사랑한다고 사랑하고 있다고
속으로 생각하지만 그건 단순히 머릿속으로만 생각하는
이상한 암호에 지나지 않을 뿐.
벽 하나를 사이에 두고 나는 늘 당신을 탐색한다.

그래도 내가 당신 곁에서 잠들고 싶은 것은 왜일까.
그게 함께 늙어가는 부부의 사랑이다.
그게 정든 부부의 사랑인 것이다.
굳이 말하지 않아도 알 수 있을 것만 같은
그런 사랑이다.

낯선 곳에서

이름 없는 외진 곳에서
며칠 동안 머무른 적이 있었다.

나를 단절시킨 휴대폰은
빛을 잃은 채 외로이 처박혀 있고
알아도 별 의미 없는
꽃과 바람이 세상 소식을
전해주는 산 깊은 암자.

할 일 없이 먼 산을 바라보며
멍하니 멍만 때린다.
사랑이 그리워 허벅지를 찌르듯
한땐 오래 버티며 참아내는 것이
그리움이라고 생각한 적이 있었지만,
종내 너무 아파서 차마 견딜 수 없었다.

고요는 적막 한가운데
목탁 소리로 온다는 것도

그때 처음으로 나는 알았다.

덧없음도 미련도 모두 버린 깊은 암자.
산다는 것은 아주 가끔씩
낯선 곳에서 나를 비우는 일,
며칠만이라도
그 어떤 소식도 나에게 전하지 마라.
귀 닫고 몸 닫고 살 것이니.

남이섬 갈림길에서

이른 새벽, 남이섬 정관루에 앉아서
북한강을 바라보고 있다.

햇살과 강물이 만나 물안개가 이는 수면
손에 든 모닝커피 잔에도
물보라가 일렁이는 것 같다.
문득 삶이란 안개와 같음을 느낀다.

세상의 모든 그리움들은
이곳으로 다 몰려와서
그 심정을 모두 푸는 것 같다.

외롭다고 말하지 마라.
혼자가 되어보지 못한 사람은
그 고독이 빚어내는 슬픔의 수위를 정작 모른다.

세상의 모든 생사는
문득 저 물안개와 같다는 걸,

외로움은 누가 만들어주는 것이 아니라
정작 내가 만드는 것임을 알았다.

아무런 말도 하지 말아요.
입안에 고여 있는 말,
가슴에 고여 있는 말,
다 터트리고 나면
더 이상 남는 말이 없잖아요.
그냥 마음으로 느껴요.
그게 사랑 아닌가요.

자기만의 고독

흐르는 물과 바람에 씻긴
모래알이 조금씩 모여서
하나의 모래섬이 되려면
겁의 세월 동안 유사流沙가 쌓여야 하듯이
자기만의 외로운 섬 하나를 만들려면
한 백 년쯤은 고독을 앓아야만 한다.

당신은 그런 외로움을
홀로 견디어본 적이 있는가.
세속과 단절된 깊은 산사에서
한밤중 떠오른 달빛을 보거나
맑은 계곡의 물소리를
홀로 귀 열어 들어본 적이 있는가.

모든 게 다 부질없음을 느끼게 될 것이다.
그때 비로소 아무도 없는 섬에
와 있음을 알게 될 것이다.
그게 바로 인생이다.
모래가 흘러 강 하구에서 섬이 되듯이.

눈물 무늬

빗방울이 비치고 바람 불자
나뭇잎 하나가 축축하게 젖어 떨어졌다.
날은 온종일 검은 구름으로 덮여 있고
내가 앉은 카페 안에는
조용히 음악이 흐르고 있다.

늦은 여름날의 빗방울이 유리창에
알 수 없는 무늬를 그리고 있었는데
그것은 우울한 내 마음이 만든 눈물이었다.

비 오는 날 창밖을 무심코 바라보는 건
버릴 수 없는 나의 오래된 습관이다.
어쩌면 사랑이라는 이름으로 침투해
결코 낫지 않는 상사병과도 같은 것이다.

빗방울이 그치지 않는다.
내 눈물과 섞여서
눈물 무늬를 만들어내는 유리창 너머

한참을 기다려도 오지 않는 사람,

나는 자리에서 일어나 우산도 없이 거리로 나섰다.

비가 내 몸을 때린다.

어쩔 수 없다.

나는 온몸으로 빗속에서 버틴다.

그게 기다림이다.

이제부터 더 이상 당신을 기다리지 않겠다.

결국 당신도 사라지겠지만

첫눈에 끌리는 사람이 있었다.
그의 눈과 코, 입술만 생각날 때가 있었다.
그 사람 때문에 잠 못 이룬 적도 많았다.
그 사람만 생각하면 늘 눈물이 나는 때가 있었다.
그를 만나기 위해 주변을 서성이던 때가 있었다.

시간이 지나면서 그게 내 감정의 오류라는 걸 알았다.
그때는 이미 늦었다는 걸 알았지만,
그가 이미 내 마음속에 너무 깊이 들어와 있었다.
하지만 그는 내 앞에 나타나지 않았다.

그땐 내가 왜 그랬을까?
누구나 시간이 흐르면 현실을 부정하기 마련인 걸
나는 지금 과거형으로 돌아가서
그 사람의 추억을 먹고산다.

그런 그 사람,
지금은 어디에 살고 있을까.

아무리 얼굴을 떠올리려고 애를 써도
그 사람 이름조차 생각나지 않는다.
결국 당신도 사라지겠지만.

첫사랑

피었다 싶었는데,
이내 저버리는 벚꽃 같은 사랑.
그냥 바람처럼 왔다가 소리도 없이 가는 사람.

이젠 그 같은 사랑 때문에
가슴 두근거릴 그런 나이도 훌쩍 지났는데

웬걸,

여름 소낙비 오니
비 맞고 서서

그냥 나는
미아가 되고 말았다.

당신에게 가는 길

황사가 바람에 날려
눈 안으로 들어와서
그만 당신에게 가는 길을
잃고 말았어요.
당신이 그곳에 기다리고
있다는 걸 예감하면서도
발길이 떨어지지 않았어요.
왜죠.
이 봄날이 너무 아파서
꽃들도 다 시들어가고
당신도 나에 대한 사랑이
점점 식어가고 있다는 걸 알았어요.
이젠 나를 기다리지 마세요.
그냥 나 홀로 아파할래요.
설령 이 그리움이
상사화가 된다고 하더라도
나는 좀 더 견딜 수 있으니까요.

사랑은 추상적이다

누군가가 내게 사랑의 정의를 말하라고 한다면
마치 끄집어낼 수 없는 마음 같아서
사랑은 추상적이라고 말할 것이다.

사랑은 너와 나 사이에 흐르는
아주 미묘한 전류와도 같아서
사랑, 그것을 두고
나는 추상적이라고 말한다.

마음에 비가 내리거나 외로울 때는
감전당하기 일쑤이나 그렇다고 해도
도저히 그 깊이를 헤아릴 수 없는
심연深淵과도 같아서
자주 수상한 게 바로 사랑이다.

그래서 사람들은 사랑이라는 것에 대해
더욱 집착하는 것이다.

실체를 모르는 두근거림이 지속되고
미열을 일으키다가도
이내 식어버리는 그 흥미로움 때문에
사람들은 사랑이라는 걸 결코 버리지 못한다.
그래서 사랑은 추상적이다.

별 하나가 지상으로 떨어졌다

어느 날 꽃잎이 바람에 떨어졌다.
제 몸에서 떨어진 꽃잎은
아름다운 소멸을 꿈꾸다가 썩는다.

별 하나가 우주에서 지상으로 떨어졌다.
우주에서 떨어진 별은
일순 어느 섬에서 빛나다가 사라졌다.

세상은 온통 별리뿐이다.
영원한 사랑을 꿈꾸지 마라.

그림자

깊은 밤 공원의 가로등 아래
홀로 서 있었지요.
쓸쓸함이 종내 내 옷자락에 매달려
오도 가도 못하는 그런 날이었어요.

그런 날이 누구에게나 있잖아요.
마치 이 세상이 끝날 것처럼
깊은 무력감이 찾아왔어요.
그때 문득 발아래 놓인 그림자를 보았지요.

정신분열증에 걸린 사람처럼 혼란이 일어났어요.
뒤를 돌아다보고 옆을 바라보아도 아무도 없는데
이게 누굴까,
이게 누굴까,
나는 자꾸만 두리번거렸어요.
하지만 아무도 없었어요.

누군가가 내게 말을 걸었어요.

"바보야, 그건 바로 너야. 그건 바로 너야."
귓가에 환청 같은 게 울렸어요.
무언가를 인식한다는 건 곧 살아있음인데
나는 도무지 그 그림자가 나라는 생각을 못 했지요.

그 순간 바람이 불었어요.
나뭇잎이 지상을 한 바퀴 돌다가 내 발등에 떨어졌어요.
몸을 구부리면 따라 구부리고
걸으면 나를 따라오는 그림자가 무척 신기했어요.

곧 그림자가 나라는 것을 깨닫는 순간
혼자가 아니라는 사실을 알게 되었던 거지요.
그걸 아는 순간 그냥 눈물이 났어요.
그런 밤이었어요.

2부

계절의 문턱에서

그대를
기다린다

꼭 그런 날

바람 불어 좋은 날엔
내 마음 닿는 곳으로 가서
아무런 생각 없이 머무르고 싶었다.
꼭 그러고 싶은 날이 있었다.
당신도 그렇지 않은가.
바람 사이로 나부끼는 꽃잎 몇 개를 주워서
읽다 만 책 속에 끼우고 싶은 꼭 그런 날.
당신도 그렇지 않은가.
낯선 카페에 들러
향 좋은 라떼를 마시면서
우울한 몽상을 하고 싶은
꼭 그런 날이 내게 있었다.
당신도 그렇지 않은가.
그런 날이 바로 오늘이었다.
당신도 바로 오늘이 아닌가.
오늘 나와 당신은 바람이 났다.

오랫동안 그리움 하나

이른 새벽 시외버스를 타고
너를 만나러 간다.
몇은 졸고 몇은 어둔 창밖을 바라보고 있다.
그들은 지금 어디서 와서
어디로 가고 있나.

유리창에 호호 입김을 불어서
너의 이름을 썼다가 지운다.
너의 얼굴을 그리다가 지운다.
사랑이라고 썼다가 다시 지운다.
눈을 감고 너를 생각한다.
그곳에 네가 기다리고 있어서 행복하다.

그래, 너무 오랫동안 그리움 하나를
내 안에 키우고 있었지.
그 그리움이 오늘 길을 나서게 했지.
그러니 어디로 가고 있는가를
내게 더 이상 묻지 마라.

사랑하는 일이 이 세상에서
가장 행복한 일이라는 걸
이미 알고 있지 않느냐.

사랑하는 사람을 기억하고
추억하는 일보다
더 아름다운 일은 없지 않느냐.
더 이상 묻지 마라.

차라리 머물지 않고
영원히 이대로 떠났으면 좋겠다.

슬픔은 빛깔이 없다

하루 종일 비만 내렸다. 그는 커피를 마시면서 무심에 젖어 비 내리는 창가를 바라본다. 도레미의 건반을 누르듯이 자꾸 내 마음을 적시는 봄비. 사월 벚꽃이 피었다가 지는 소리인가. 누가 멀리서 뚜벅뚜벅 빗속을 걸어오는 소리가 들린다. 그는 오래전 추억 속의 나다.

그대와 다툰 날도 비가 내렸다. 그때 봄비가 아프다는 걸 처음으로 알았다. 그날, 슬픔은 빛깔이 없다고 그는 혼자 중얼거리며 길 위에 오래 서 있었다. 젖은 몸보다 더 아픈 것은 마음이었다. 봄비는 그렇게 내리다가 끝내 내 몸을 다 적시고 말았다. 나는 그때 사랑이 아프다는 걸 처음 알았다. 그것도 스물하나에.

너에게 섬이 되어

내가 너를 만나는
이 순간에도 시간은 흐르고 있지.
기억하니?
추억의 돌담길에 새겨진 우리의 다짐,
그 속에서 우리는 강물처럼 조금씩
깊어지고 있다는 걸
그게 사랑이라는 걸
그게 눈부심이란 걸 알고 있지.
너를 만나면
나는 너에게 섬이 되어
고립되고 싶었어.
혼자이지만
더 이상 내가 외롭지 않다는 걸
늦게나마 흐르는 시간 속에서
알게 되었던 게지.
그게 사랑임을 알게 되었던 게지.

그리움이 달처럼 깊어지면

그리움이 달처럼 깊어지면
그대 전화를 하세요.
신발 벗고 뛰쳐나갈게요.

아직 거기 가을이 남아 있나요.
어젠 세찬 바람이 불어서
나뭇잎을 다 떨구었는데
그대 아직도 서성이고 있나요.

조금만 기다리세요.
거의 다 왔어요.
내가 마지막 가을이에요.

사랑이라 말하는 것들

사랑이라고 말하는 것들을 생각하면
한순간 가슴이 두근거리고 숨이 꽉 막힌다.
찬물을 한 바가지 붓고서야
미열이었던 내 몸은
비로소 정상 온도를 되찾는다.

그럴 때면 먼 섬을 바라보는 것처럼
그리운 것들을 오래 그리워하다가
종내 참지 못해 아픈 것들을 밀어내지만
눈가에 맺히는 눈물의 소금기를
나는 차마 어쩌지 못한다.

하지만 어쩌랴.
여름 가고 가을 오고
나무가 잎을 버린 차가운 겨울이
결국엔 오는 것처럼,
내게도 사랑이 저 멀리서
조금씩 걸어오고 있다는 것을 부인할 수 없다.

나는 내 사랑을 물결처럼 밀어낼 수밖에 없다.

그냥 이대로 죽는 날까지 아파하기로 했다.

그건 운명이므로 차마 어쩔 수 없다.

사랑이 가면 사랑이 온다는데

자작나무 숲에 겨울비가 내리는 주말 오후,
카페에 앉아서 누군가를 기다렸다.
너무도 오래전, 늦은 가을에 만났던 사람이다.
나이가 들면서 상투적인 기다림은 늘 내겐 서툴다.

약속 시각은 아직 멀었는데
마음이 먼저 와서 서성인다.
만나서 나눌 이야기도 없는데
그 사람이 그냥 보고 싶었다.
만나면 그냥 좋은 사람이었다.

음악이 귓가에 와서 부드럽게 풀어진다.
그 음악 때문에 나는 그 사람을 잊지 못했었다.
사랑이 가면 사랑이 온다는 상투적인 노래였다.

그런데 나는 왜 아직도
그 노래를 잊지 못한 걸까?
그 사람을 아직도 잊지 못한 걸까?

손 한번 잡아보지 못한 사랑이 끝나고 난 뒤,
문득 그 사람이 다시 보고 싶어 전화를 했었다.

사랑이 가면 사랑이 온다는데
그 사람은 정말 올까?
약속 시각이 지나도 그 사람은 오지 않았다.
끝내 내겐 상투적인 사랑이었다.

누구나 보고 싶은 사람이 있기 마련이다. 그것이 진부
한 사랑이든 그리움이든, 보고 싶은 단 한 사람이 있기
마련이다. 그것 때문에 세상을 사는 것이 아닌가 싶다.
하물며 옛날 슬픈 유곽에 살던 여인에게도 그리운 사
람이 있었다. 세상은 여전히 통속적이다.

자작나무 숲에서

한 시인 후배가 자작나무 숲에 가자고 졸랐다.
그전부터 그곳에 가자고 했는데 나는 가지 않았다.
너무도 오래전 내 아픈 기억의 숲 한쪽에
자작나무가 자리하고 있기 때문이다.

그날도 오늘처럼 몹시 바람이 불고 비가 내렸다.
자작나무 숲의 카페에 앉아서
한때 그리웠던 그 여자를 만나기 위해
먼저 와서 혼자 커피를 마시고 있었다.

약속 시각은 훨씬 지났고
오전부터 비는 그침 없이 내렸다.
오랜 기다림은 그리움의 잎을 말리고
사랑을 말리지만, 그날은 도무지 비 때문인지
기다리는 시간이 지루하지 않았다.

나중엔 오지 않는 그 여자의
얼굴이 머릿속에서 지워지고

나는 자작나무 하얀 껍질 위에 묻은 물기를
소매로 닦아내고 온종일 글만 썼으므로
조금도 지루하지 않았다.

기다림은 언제나 내겐 익숙하다.
나는 누군가를 만나러 오지 않았다.
내 안에 있는 나를 만나러 온 것이다.

흘러나오는 세 문장을 쓰고는
다시 문 쪽을 바라보았다.
어둑어둑 어둠이 찾아오고 비가 그쳤는데도
그 여자는 오지 않았다.
말린 자작나무 하얀 껍질 위에 또다시 글을 썼다.

다시는 그 여자를 그리워하지 않을 것이다.
자작나무 숲을 찾지도 않을 것이다.
여기에서 내 사랑은 그만 끝나고 말았다.
내가 쓴 이 시는 영원한 이별이 되고 말았다.

그렇다. 이별의 '화촉'이 되고 만
그 자작나무 숲이 지금도 생각나지만
가고 싶지 않았던 것이다.

연인들은 자작나무 하얀 껍질에 사랑의 글귀를 써서
주고받았다고 한다. 사람들이 흔히 결혼한다는 의미로
'화촉을 밝힌다'는 표현을 쓰는데, 그 화촉은 자작나무
껍질에서 나온 기름으로 만든 초이다. 자작나무는 예
부터 사랑을 전하는 낭만적인 나무였다.

봄은 왔는데

밤새 그대 생각으로 인해
불면의 밤을 뒤척이다
아침을 맞이했지만
그대는 기별조차 없네요.

행여, 그곳에는 와 있을까
산길을 따라가봤지만
그대는 서성이기만 하고
아직도 당도하지 않았네요.

참 무심도 한 그대,
어찌 그리 소갈머리가 없는지요.
꽃샘추위만 내 볼을 만지고
차가운 바람이
내 가슴을 막 얼어붙게 하네요.

산천에는 이미 봄이 다 왔는데
왜, 내 마음속에는 그대 어서 오지 않나요.

그대가 두고 간 슬픔

평생을 함께하자던 말은
거짓이었나요.
애초 이별은 생각지도 못했는데
한마디 말도 없이 훌쩍 떠나버린 그대 때문에
나는 몸져눕고 말았네요.

사랑이란 무엇인가요.
이별이란 무엇인가요.
사랑 뒤엔 반드시 이별이 있다는 말을
저는 믿지 않았어요.
너무 일찍 떠나버린 그대가 미워요.

이승의 밤은 너무 깊고
그대가 두고 간 슬픔이
밤하늘에 눈물로 반짝이네요.

잊어야만 하겠지요.
아무리 기다려본들

소용없는 일이라는 걸 알면서도
날마다 계절의 문턱에서
나는 그대를 기다립니다.

어느 날 오래된 지인의 남편이 홀연히 세상을 떴다. 상
가는 온통 눈물바다였다. 건강했던 남편이 한마디 말
도 없이 떠나버린 것이다. 지인은 얼마나 울었는지 눈
이 퉁퉁 부어 있었다. 그날 나는 집으로 돌아오면서 깊
은 생각에 잠겼다. 삶과 죽음은 찰나였다.

사랑은 습작이라고

첫사랑은 습작이라고,
첫사랑을 지나온 사람들은
그렇게 생각하기 쉽다.
하지만 그건 오산이다.

어쩌면 평생 그대 마음속에 안고
살아가야 하는 슬픈 사랑일 수도 있는데
그게 습작이라면, 그대는
차라리 사랑을 하지 말았어야 했다.

첫사랑의 대가는 너무 크고 아프다.
사랑에는 습작이 없는 까닭이다.
그걸 단순하게 생각하지 마라.
누군가는 그 상처로 인해
오래 절망하고 오래 아파한다.

누구는 첫사랑으로 시작되어
평생 함께할 가능성이 희박하다고 말하지만

그건 아니다.
첫사랑도 사랑이 깊어지면 이루어진다.

다들 첫사랑은 실패한다고 말하지만
첫사랑은 평생 가슴에 안고 간다고 하지만
내겐 그 첫사랑이 전부였다.
그게 누구일까?
바로 당신이었다.

세월이 가면

시간이 차곡차곡 쌓여 세월이 가면,
가구의 빛도 퇴색하고 모서리도 닳듯이
내 몸도 점점 늙어간다.
사랑도 추억도 낙엽처럼 퇴색한다.

그럴수록 누군가를 사랑하라.
그대 흐르는 시간이 아깝지 아니한가.
때가 아니라고, 이미 늦었다고
생각하는 그 순간,
더 이상 사랑은 너의 곁에 머물지 않는다.
인연보다 더 소중한 건 하나도 없다.

새로운 인연을 만드는 것보다
지금 나와 가까이 있는 사람과
더 깊은 인연을 쌓아라.

그것이 바로 세월을 붙잡는 것이다.
늙지 않는 것이다.

봄여름가을겨울

여름에 만나서 우리 사랑은
그렇게 겨울에 깊어졌다.
그 여름날 사랑이 소낙비처럼 내리다가
가을에는 쓸쓸한 낙엽처럼 서로가 헤어졌다가
눈 내리는 겨울에 다시 만났던 것이다.
첫사랑은 우산도 없이
무방비로 맞는 소낙비 같은 것.
감기 앓는 그 여름이 지나고 쓸쓸한 가을 속에서
우리는 알게 모르게 사랑의 암투를 했다.
하지만 이젠 어려운 모든 것이 지났다.
이젠 나는 너의 깊은 마음을 알게 되고
너는 나의 사랑을 조금씩 이해하는 것 같았다.
그래서 나는 너를 더 사랑한다.
네가 나의 마음을 진정으로 받아들였기 때문이다.
내 사랑은 봄여름가을겨울 지나고
다시 봄이 오기를 기다린다.

나는 너의 깊은 마음을 알게 되고
너는 나의 사랑을 조금씩 이해하는 것 같았다.
그래서 나는 너를 더 사랑한다.
네가 나의 마음을 진정으로 받아들였기 때문이다.

사랑이라는 길

요즘 너를 만나면서부터
사랑이 무엇인가를 조금씩 느낀다.

사랑하는 사람이 생겼다는 건
사랑이라는 새로운 길에
이미 들어선 것.

사랑의 길에 들어서는 순간부터
쉽사리 사랑은 한쪽의 길만을
허락하지 않는다는 걸 느꼈다.

너를 만나면서부터
나는 자라고 있었고 조금씩 성숙해져 갔다.
너로 인해서 얻었던 슬픔과 기쁨,
너를 통해서 알았던 위로 그 전부가
바로 사랑이라는 걸 알았다.

모든 건 착각이었다.

네가 내 앞에 서 있는 것만으로도
그게 사랑인 줄 착각했었다.

그저 사랑은 행복만을 주지 않는다는 걸,
사랑은 주고받는 게 아니라
누군가를 위해 끝없이 주는 것임을
나는 이제야 알았던 것이다.

산다는 것은

한세상을 살아가면서
나는 누구인가,
어느 날 문득 이런 생각에 휩싸인 적이 있었다.

생의 길은 끊임없이 이어지고 있지만
이 물음에 대한 해답을
아직도 찾지 못하고 있다.
그사이 내가 기억하는 사람들,
나를 알고 있는 사람들은
저물어가는 저녁을 뒤로하고 하나씩 떠나갔다.

나이가 들면서 생사가 둘이 아닌 하나임을
슬픔과 기쁨이 둘이 아닌 하나임을
사랑과 이별이 둘이 아닌 하나임을 알았다.

나는 왜 이제야 그것을 깨달았을까?
때가 되면 누구나 왔던 길을 되돌아가는 것처럼
어머니의 자궁 속으로 다시 돌아갈지도 모르는 일.

너무 깊이 외로워하지 마라.

생의 환희는 참으로 간단하다.
아름다운 것을 보면 아름다움을 느끼고
즐거우면 즐거움을 느끼는 일,
있는 그대로의 삶을 내 것으로 받아들이는 일,
남은 세상을 더불어 따뜻하게 사는 일,
그것이 바로 행복임을 바보처럼 이제야 알았다.

연애편지

오랜만에 연애편지를 씁니다.
삼십 년 만에, 그것도 아내에게.
그런데 머릿속이 텅 비어
무슨 말을 해야 할지 도무지 생각이 나지 않네요.

어제 아내의 친구가 그랬다고 하더군요.
시 쓰는 남편을 둔 아내들은 참 힘들겠다고요.
나는 그 말을 듣고 화가 나서
그런 친구는 만나지 말라고 했는데
생각해보면 내가 경솔했던 것 같아요.

사실 시를 쓴다는 것은
아름다운 고독이 아니라
치열한 자기와의 싸움이며
시대와의 싸움이기도 합니다.

시란 결코 아름다운 것이 아닙니다.
그래서 한 줄 시를 쓴다는 게 보통 힘든 게 아닙니다.

특히 서정시는 더욱 그렇습니다.

젊을 때 보낸 연애편지는
온갖 미사여구를 넣어서
여자의 마음을 홀려야 했으므로
때론 시의 밑바탕이 되곤 했던 것 같아요.

그런데 요즘은 나이가 드니 어쩌죠.
내 몸속에서 감성과 서정이 다 빠져나간 것 같아요.
어떻게 하면 그 감성을 되살릴 수 있을까요.

아, 다시 누군가에게
연애편지를 써보면 좋겠습니다.
이런 내 마음을 아내는 받아줄까요
아니 흘려들까요.
이 밤이 새하얗게 지나가도
나는 아마 단 한 줄의 편지도
쓸 수 없을 것 같아요.

그대가 떠나고

내가 너를 사랑한다는 건
내가 너에게 굳이 말하지 않아도
너는 안다고 믿었다.

비가 오면 우산을 씌워주고
네가 아프면 너의 이마를 만져주고
먼 곳에 있으면 전화로 안부를 물었다.
그것만으로도 나는 충분하다고 믿었다.

그런 네가 갑자기 내 곁을 떠난다고 했을 때,
그 이유를 물었지만 너는 대답이 없었다.
밀려오는 슬픔을 밤새 달래었지만,
정작 너는 그 이유를 말하지도 않은 채 연락을 끊었다.

시간이 흐르고 난 뒤 그 이유를 알았다.
사랑하지만 떠날 수밖에 없었다는 것을,
멀리서 바라보고 서로가 기다리며 산다는 것은
더 이상 무의미하다는 걸 너는 내게 나중에 말했다.

사랑은 만남에서 동반까지 함께 가는 것임을
네가 내게 가르쳐주었던 것이다.
사랑은 그냥 바라보는 것이 아니라
멀고 먼 길을 함께 가는 것임을,
네가 내게 가르쳐주었던 것이다.

천천히 함께 걸어가요.
우리 사랑이 어디 덧나나요.
인생이라는 먼 길을
느릿느릿 함께 가다 보면,
서로가 미처 몰랐던
그리움도 알게 돼요.
그대가 얼마나 소중한지
그 마음도 다 알게 돼요.

아름다운 동행

혼자가 되어 살다 보면
방향 잃은 나침반이 될 수도 있습니다.
반대로 내 곁에 누군가가 있다는 건
무언가를 그에게 전해줄 이야기와
선물이 있다는 것이지요.

행복이란 홀로 얻는 게 아니라
주고받으면서 쌓입니다.
그러니 너무 많이 외로워하지 마세요.
외로움은 스스로 만드는 것일 뿐,
돌아보면 당신을 사랑하는
사람이 의외로 많다는 걸 느낄 것입니다.

이제 어깨에 짊어진 외로움을 던져버리세요.
그 무게만큼 가벼워질 것입니다.
외로움은 스스로 자신에게 위로받기 위한 행위일 뿐,
그 이상도 그 이하도 아닙니다.
지금부터라도 당장 누군가와 동행하세요.

외로워야 성숙해진다

누구든 사랑을 시작하고 깊어지면
그만큼 아픔도 많아지고
그만큼 기쁨도 많아지기 마련이지.

이 세상에 단 한 번도 아파하지 않고
단 한 번도 슬프지 않은 그런 사랑은
그 어디에도 없어.

만약 그런 사랑이 있다면
그건 오히려 비극적인 사랑이겠지.
그러니 너무 완벽한 사랑을 기대하지 마.

사랑이란 더 많이 아파하고
더 많이 외로워해야 성숙해진다는 걸,
이젠 우리는 서서히 알아가야만 해.

사랑은 곁에 머무르는 것

그리움이 너무 오래가면 지친다고 했는데
네 생각에 사로잡힌 내가 종내 싫어서
다른 그리움 하나 더 가지려고
아무도 없는 자작나무 숲길을 홀로 걸었어.

시간이 흐르면 흐를수록
너는 나에게서 점점 더 멀어지고
시간이 흐르면 흐를수록
나는 너에게로 자꾸 다가가고 있다는 걸
나는 고개를 흔들었지만
끝내 스스로 부인할 수 없었어.

여름에서 가을로 온 뒤부터 너에 대한 그리움들이
낙엽처럼 수북하게 쌓이고 있다는 것을,
온종일 자작나무 숲길을 걸으면서
오직 네 생각만 하고 있다는 것을,
너는 정말 알기나 하니.

하지만 내게 위로가 되는 건 아무것도 없었어.
오직 답은 네가 내 곁에 있어주는 것.

멀리서, 가만히

사랑은 지켜주고 바라보는 것.
가시 있는 장미를 손끝으로 만지면 찔리듯이
내 것으로 만들려다 보면
쉬이 상처 입을 수가 있다.
진정 사랑한다면 가만히 지켜보라.

빠른 사랑은 빠른 대로
늦은 사랑은 늦은 대로
언젠가는 그대에게 다가올 것이니
조급하게 그 사랑을 재촉하지 마라.

사람을 사랑하다 보면
너무 외로워서 아프거나
가슴에 시퍼렇게 멍이 들거나
쓸쓸하게 뒤돌아서서
눈물을 감추는 게 다반사이니
그대 사랑에 너무 가까이 다가가지 마라.

언젠가는 그 사랑이 때 아닌 봄눈처럼
어깨에 소복하게 내려앉을 것이니
누군가를 사랑한다면
멀리서 지켜주고 바라만 보라.

3부

당신에게
쓰는

연애편지

그믐

달이 차기를 기다렸다.
가을바람 속으로 침잠하는 나뭇잎 하나
별이 지상에 가속도로 떨어진다.
아름다운 소멸이다.
고요가 깊어지면 사랑한다는 말도
그믐처럼 더 깊어지는데
등신 같은 애인은 그걸 못 기다리고
달이 어둡다고 먼저 집으로 가버렸다.
고독이란 바로 이런 것
나 홀로 빛 잃은 하늘을 바라본다.

사랑했었다는 말

여자의 마음 호수에
돌 하나를 던지고 말았다.
수면 위를 통통 튀다가 가라앉는
"사랑했었다"는 그 말.

마주 앉은 탁자 위,
셀 수 없는 침묵이 흐르고
"사랑했었다"는 그 한마디에
그 여자 반쯤 커피 잔에
입술을 적시다가
가만히 내려놓고 미소만 짓는다.

헤어져서 집으로 돌아오는 길,
왜 쓸데없이 나는 그 여자에게
그런 말을 했을까?

이젠 내뱉어서 돌이킬 수도 없고
집어삼킬 수도 없는 "사랑했었다"는 과거형의 말.

모든 시간이 정지되었다.

그 여자의 마음 호수에는
아직도 물보라가 일고 있을까?
사랑은 이래도 아프고
저래도 아프다고 중얼거리는 오후,
사랑은 고무줄 당기기.

당겼다가 줄였다가
결국에는 끊어지고 마는 것.

남녀의 사랑은 고무줄과 같다. 인연이 끝나면 결국 끊어져서 다시는 볼 수 없지만 고무줄처럼 질긴 인연은 오래간다. 세월이 지나면 그 사람이 가끔은 생각날 수도 있지만, 그러나 어쩌랴! 남남이 되어버린 지금, 시간을 되돌릴 방법은 없다. 그러니 함부로 사랑한다는 말을 하지 마라.

눈 내리는 카페에서

눈이 내리는 1월의 어느 날,
문득 음악이 흐르는 카페에 들러
한잔 커피를 마시면서
홀로 생각에 잠겨들었습니다.

존 러스킨은 이렇게 말했다고 합니다.
"인생은 흘러가는 것이 아니라 채워지는 것"이라고.
나는 오늘 그 인생을 채우기 위해
하루 종일 어디론가 쏘다녔습니다.

도대체 그는 왜 이렇게 말했을까요?
오늘 이 말이 나에게
무의미하게 들리는 것은 무엇 때문일까요?
인생에 지나치게 의미를 부여하는
그의 말이 가소롭다는 생각마저 듭니다.

인생은 채워지는 게 아니라
그냥 커피를 마시는 것처럼

고요하게 흐르는 것이라는 것을,
나는 나이가 들면서 깨달았던 것입니다.

인생은 그저 그렇게 물처럼 흐르다가
때론 암초를 만나서 역류하다가
그렇게 흐르는 것인데도 말입니다.

인생에 대해 너무 깊이 생각하지 마세요.
홀로 고독을 씹는 이 시간도
나에겐 아주 소중한 것임을 깨닫습니다.

슬픔은 눈물을 안다

슬픔은 눈물을 안다.
눈물이 감춘 슬픔을 안다.

아는가.
단 일 그램의 무게조차 지니지 못한 것이지만
눈물 그것은 무한중량의 힘을 가진다는 것을….

누군가에게 상처 주지 마라.
눈물 흐르게 하지 마라.

먼 곳

북향 천리 길을
입덧하듯 봄이 왔어요.
그대 마음에도 봄이 왔나요.

골방에서 나와
간신히 먼 산을 바라보다가
그냥 눈물이 핑 돌았어요.

아마 보고 싶었던
그대 때문이겠지요.

그대에게 보내는 연애편지 1
— 군화가 고무신에게

일요일 막사 밖에는 거친 눈보라가 치고
막사 안 토치카의 빨간 불꽃이
차가운 내 몸을 데우는 이 시간,
그대에게 쓰는 이 편지로 하여
지금 내 마음은 한없이 기쁩니다.

어제는 완전군장을 하고 눈이 하얀 산악을 지나
백 킬로미터 겨울 행군을 하고 돌아왔습니다.
발바닥에 동전만 한 물집이 잡혀서 내내 고통스러웠지만,
그대 생각으로 인해 견딜 만했습니다.

훈련병 시절에는 도저히 오지 않을
순간이라고 생각했지만
어느새 푸른 군복에는
노란 작대기 네 개가 어깨에 새겨지고
아파도 아프다고 말할 수 없는 고참이 되었지요.

마지막 이 겨울이 지나고 따뜻한 봄이 오면
나는 그대에게 갈 수 있을 것 같습니다.
아니 그대가 사는 남도에는
벌써 진달래가 피었다는 소식도 전해 들었지만,
아직 이곳 전선은 눈보라가 내내 그치지 않는군요.

지금은 비록 그대에게 가는 길이
모두 폭설에 잠겨서 끊겼다고 해도
어쩌면 이미 그대 곁에
내 마음이 머물러 있는지도 모르겠군요.

마음 같아서는 소총을 들고 저 북녘을 향해
그리움들을 모조리 난사하고 싶지만,
차마 어쩌지 못하는 이 밤이
오히려 그대가 보내준 편지로 인해 따뜻해집니다.
그대여, 몸 건강히 잘 있어요.

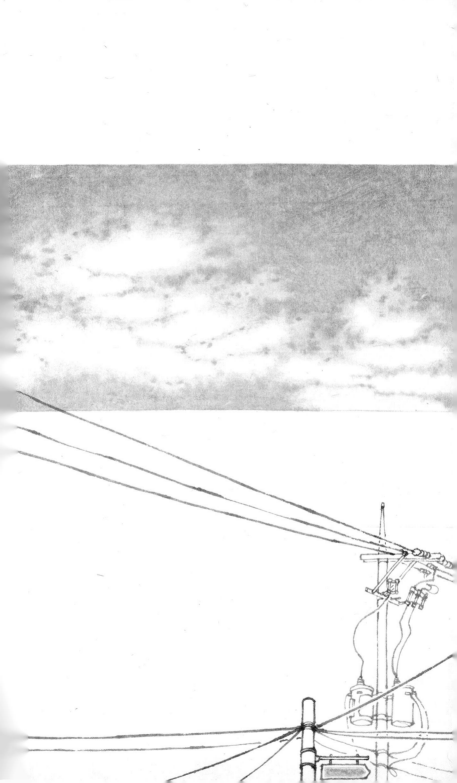

그대에게 보내는 연애편지 2
— 짙은 슬픔

지난밤 야전 막사에는
무한 폭설이 내렸습니다.

산토끼와 노루와 멧돼지들도
모두 길을 잃었습니다.

길을 잃은 건
그뿐만이 아닙니다.

그대에게 가는 길이란 길은
모두 끊기고 말았습니다.

이젠 이 편지도 당분간
그대에게 가지 못하겠네요.

오늘 밤 나는 짙은 슬픔에
휩싸이고 맙니다.

1983년 그해 겨울은 왜 그리 많은 눈이 내렸는지 모르겠다. 이른 새벽부터 야전삽을 들고 폭설로 뒤덮인 산에 길을 내다 보면 하루가 다 갔으니까. 그 시절의 야전 병영은 석탄으로 토치카에 불을 지폈다. 어떤 땐 졸병들이 얼어붙은 시냇물을 퍼오기 위해 먼 길을 걸어서 다녀오기도 했다. 당연히 편지도 끊기고 말았다. 참 힘든 시절이었다.

그대에게 보내는 연애편지 3

— 그리움

나 얼마나 그대를 그리워하고 있는지
그대는 아직도 모릅니다.

비가 오나 눈이 오나
많은 시간을 기다리며
나, 오직 그대만을 생각합니다.

오늘 비가 내립니다.
도레미 건반을 누르듯이
초소에 조용하게 내리는 이 비,
그대에게로 향하는
그리움인 것 같습니다.

하지만 떠나지 않은 많은 날들이
아직 내게 남아 있군요.

지금 나는 가시밭길을 맨발로 걸어서

그대 곁으로 가고 싶습니다.
가서 한 장 낙엽으로 남고 싶습니다.

동계 훈련을 나가면, 칠흑 같은 산속에서 영하의 지독
한 추위를 견디며 매복하곤 했다. 오지도 않는 적을 기
다리며 총의 가늠자를 응시하곤 했다. 그럴 때 바람은
왜 그렇게 지독하게 부는지. 하지만 사랑하는 사람을
생각하는 그 힘으로 힘든 시간들을 견디곤 했다. 아무
리 힘들어도 그리운 사람이 있다는 건 그것만으로도
외로움을 이기기에 충분하니까.

그대에게 보내는 연애편지 4
— 초소의 겨울밤

그대여! 또 한 번의 겨울이
문득 이 초소에 찾아왔습니다.
푸른 군복을 입고 총 든 내 어깨 위에
지금 쓸쓸하게 눈이 내리는군요.

지금 그대는 무엇을 하고 있는지
그대 얼굴이 보고 싶어서
나는 지금 잠시 눈을 감고
애써 그대를 떠올려보지만
이상하게도 그대 얼굴이
떠오르지 않는 것은
무슨 이유일까요.
그리움이 너무 짙어서 그런 것일까요.

이곳에 온 지 벌써 많은 시간이
강물처럼 흘러갔지만 아직도 남은 세월이
마음을 아프게 합니다.

지금 나는 그대가 무척이나 보고 싶습니다.
하지만 어쩔 수가 없네요.
당장 달려갈 수 없는 이 현실이
내 가슴을 너무나 아프게 하고 눈물도 납니다.

한땐 참 많이 싸우기도 했지요.
용서하세요. 용서해주리라 믿어요.
뜻 없이 밀려오는 나의
바람 같은 고독을 잠재우지 못하고
늘 나는 어디론가 떠나곤 했지만,
지금도 나는 그대에게 다가가지 못하는군요.

이젠 이해해주세요.
지금 초소에는 세찬 바람이 불고
내린 눈은 내 눈썹 끝에 눈꽃이 되지만
그대 생각으로 인해 이 초소의 밤은 따뜻합니다.

기다리세요.

이젠 봄도 얼마 남지 않았습니다.

그때가 되면 나는 그대에게

달려갈 수 있을 것만 같습니다.

1983년 겨울, 군에서 보낸 손편지를 낡은 노트 속에 가지런히 모아둔 아내가 너무나 고맙다. 나는 30개월 군 생활을 하면서 백 편이 넘는 시를 썼고 그것을 지금의 아내에게 보냈다. 아마 내 나이 또래 남자들은 한 번쯤 이런 가슴 아리는 사랑을 했겠지.

그대에게 보내는 연애편지 5
— 겨울 안부를 묻다

먼 산에 초설初雪이 내렸습니다.
어디선가 산새가 울었습니다.
은사銀絲 같은 햇살이 막사의 창틈으로 들어왔습니다.

그대를 두고 떠나온 뒤로 벌써 사계四季가 흘렀군요.
그리움의 날을 지새우며 쓴 편지들이
지금 구겨진 채로 푸른 군복 안에 가득합니다.

사람에게 그리움이란 때론 무서운 적이 된다는 것을
이곳에 와서야 나는 알았습니다.
하지만 오늘 나는 즐거운 일도 있었습니다.

이른 아침 연병장에 나갔더니
예쁜 토끼 두 마리가 뛰어놀더군요.
갓 들어온 신병이 그것들을 보고 있었습니다.
그에게 다가가서 어깨를 툭 쳤더니
대뜸 "충성"이라고 하더군요.

그냥 속으로 웃었어요.
그러고 나서 "두고 온 애인 생각하니" 물었더니
그제야 신병은 빙그레 웃었습니다.
그 신병의 마음이 곧 내 마음이었습니다.

그대여, 걱정하지 말아요.
군 생활이 그리 힘든 것만은 아닙니다.
다만, 가끔씩 밀려오는
그리움을 참아내는 일이 무척 힘이 드는군요.
이번 겨울이 지나고 봄이 오면
이젠 그대에게 갈 수 있겠군요.

나는 요즘 다 늙어서 아내가 감추어둔 내 젊은 날의 편지들을 몰래 읽는 데 재미를 얻고 있다. 그 시절의 편지들을 공개하는 건 이 편지가 꼭 나만의 이야기가 아니라는 생각이 들었기 때문이다. 군에 아들이나 남자친구가 있다면 그 그리움을 충분히 공감할 것이라는 어쭙잖은 생각을 했다. 그런 나의 생각을 용서해주시기를…. 어쨌든 삼십여 년 전 쓴 이 편지를 지금 읽어보면 낯 뜨겁다. 지독한 그리움이었다.

그대에게 보내는 연애편지 6
― 경계근무

겨울밤 보초를 서다가 하늘을 바라봅니다.
손에 쥔 M16이 무척이나 차갑습니다.
어디선가 반짝이던 흰 별이
사선을 긋고 지상에 떨어집니다.
깊은 시각, 당신은 지금 무엇을 하고 있는지요.

지난주 면회를 오겠다던 그대 편지를 받고
일요일 내내 내무반에서
푸른 군복을 칼날처럼 다리고 기다렸지만,
그대는 끝내 오지 않았네요.
아마 바쁜 일이 있었나 봅니다.

하지만 나는 하루 동안
아니 일주일 내내
그리움으로 가슴이 시퍼렇게
멍들었습니다.

눈 감으면 그대 얼굴이 떠오르고
이젠 별빛도 반짝이지 않네요.

이런 것이 사랑이라면,
차라리 기다리지 않으리라고 생각했습니다.
그래도 어쩐다지요.
힘든 병영 생활을 견뎠던 것도
오직 그리운 그대 때문이었는데요.

이젠 면회 오겠다는 편지는 보내지 마세요.
겨울이 지나고 어느 날 문득 꽃이 피는 것처럼
문득 그대가 찾아오는 것이
내겐 더 큰 기쁨이니까요.

누가 그랬던가. 사랑은 그리움이고 기다림이라고. 군에
있을 때 보초를 서는 날이면 밤하늘의 별을 바라보며
참 많이도 기다렸다. 거꾸로 별을 헤아려보기도 하고 바
로 세어보기도 했다. 그러다 보면 두 시간의 근무 시간
도 후다닥 지나가곤 했다. 아마 그 시절 군대를 갔다 온
사내라면, 그리움과 기다림이 무엇인지 잘 알 것이다. 군
대 시절의 연애편지는 그 시절을 견디는 힘이었다.

홀로 걷는 시간

오늘 그대가 사는 소읍에 갔다 왔습니다.
그러나 그대는 없고
잠시 머뭇거리다가 돌아왔습니다.
앙상한 겨울나무와 억새풀과 바람,
언제부턴가 혼자가 된 사람의 마음을 아는 듯한
소읍의 작은 역사만이 덩그렇게 있었습니다.

오랫동안 빈 몸이 된 나와,
하루 두 번뿐인 서울행 낡은 비둘기호와
가슴 아프게도 쓰라린 시간의
차창 너머 넘겨진 기억들이
녹슨 철길을 홀로 걷고 있었습니다.

가끔은 차가운 겨울바람이
내 목덜미를 휘감았지만
그대 생각 때문에 마음은
그럴 수 없이 따뜻했습니다.

그대여, 오늘도 이렇게 먼 산을 바라보며
그리운 그대를 가슴속에 묻으며
그대를 생각합니다.
어쩌면 사랑이란 이런 것이 아닌가 싶습니다.

이 소읍의 작은 찻집에 앉아
가는 햇살 한 자락 붙잡고 눈 시리게 바라보면
내 안에 사랑만이 가득해집니다.

회상

거리를 무작정 떠돌다가
한참 철 지난 외화 〈매디슨 카운티의 다리〉를
서대문 2본 동시 상영 극장에서 홀로 보았습니다.
어쩌면 사랑이란 이렇게도 감쪽같이 사람을
아름답게 속일 수 있는가를 생각해보았습니다.

그대가 있는 나로서는 솔직히
엄두도 나지 않는 일이지만
어쩌면 사랑은 그런 가운데서도
불가사의한 힘이 존재하는가 봅니다.

우리가 도덕성이라고 말하는 것들에 대해서
혹은 윤리성이라고 말하는 것들에 대해서
어쩌면 사람들은 아름다운 말로 불륜을
치장하고 있는지도 모른다는 생각이
문득 뇌리에 파고들었습니다.

인간이기 때문에 추억을 가질 수 있고

혹은 그 추억으로 인해
부당했던 사랑도 추억의 힘으로 돌리고야 마는
인간의 논리가 이 영화 속에 잠재되어 있었습니다.

아니 인간은 스스로 불륜 혐의를
인정하고 있는지도 모릅니다.
사랑은 바로 추억의 힘이자
과거에 대한 회상으로 유지되기 때문입니다.

1992년 나는 직장 때문에 아내를 부산에 두고 서울에서 일 년 정도 혼자 살았다. 그때 로버트 제임스 밀러의 실화소설을 영화화한 〈매디슨 카운티의 다리〉를 봤다. 사진작가 로버트 킨케이드와 가정주부인 프란체스카가 나눈 사흘간의 짧은 사랑. 아름다움을 빙자한 이 불륜 영화에 왜 사람들은 열광했을까? 사람은 사랑을 하면서 또 다른 은밀한 사랑을 꿈꾸는 이중적 동물임을 나는 그때 알았다. 외로워지기 시작하면 사랑의 반란을 꿈꾼다. 사랑하는 사람과 오래 떨어져 있지 마라.

빈자리

눈 그친 저녁 창가에 앉으면
무채색 바람이 붑니다.

이별 뒤의 슬픔이 길을 떠나고
아직 머물지 못한 그리움이
나뭇가지를 흔듭니다.
이런 날이면 그대에게
긴 편지를 쓸 수 있을 것 같습니다.

삭이지 못한 가슴속에
다하지 못한 말들,
그대 떠나고 난 빈자리를
형체 없는 바람이
그 자리를 채웁니다.

창가의 어둔 별빛이 반짝이면
유채색 바람이 붑니다.

슬픔의 색깔은 무엇일까. 기쁨의 색깔은 무엇일까. 슬픔이 무채색이라면 기쁨은 유채색이라는 생각을 한 적이 있다. 홀로 조용히 마음을 끌어안으면서 우는 눈물의 색깔이 바로 무채색이니까. 그와 달리 기쁨은 환한 미소를 던져주기 때문에 유채색이 아닐까.

이 가을의 슬픈 기별

가을 나무 아래 의자에 앉아서
멍하니 먼 길을 바라보는데 누군가
어깨를 툭 쳐서 뒤돌아보니 아무도 없다.

그 순간 쓸쓸하다 쓸쓸하다고
추락하는 붉은 단풍잎 한 장,
내게 이 가을은
또 한 사람의 부고를 알려왔다.

밀물처럼 밀려와서 눈가에 머물다가
끝내 터지는 울음,
속수무책인 이 슬픔을 차마
어찌할 수 없어 흠뻑 손수건을 적신다.

그렇다.
이별과 죽음은 확연히 다른 것.
이별은 낙엽처럼 졌다가
시간이 지나면 다시 만날 수 있지만

죽음은 한번 가면 돌아올 수 없고
가닿을 수 없는 거리의 것.

가을 의자를 밀쳐두고 일찍 떠난
그에게 기별 편지를 쓴다.
그래 먼저 가 있어라.
그곳에도 봄여름가을겨울이 있겠지.
세상의 남은 잎들이 모두 지고 나면
나도 너를 만나러 가야겠다.

그리움이라는 것에도
꽃은 피어날까.
봄이 와도 꽃이 피지 않는 내 마음속에
어느 날, 갑자기 꽃은 피어날까.

인생

혼자 와서 홀로 떠나는 게 인생이다.
세상을 사는 동안
가장 할 만한 건 사랑이라고 했던가.
돌아보니 참 많은 세월이 흘러갔다.
지금 나에게 가장 즐거운 건
그 사랑을 추억하는 거다.

우리가 들판의 나무라면

너와 나 들판에 서 있는
두 그루의 나무라면,
한 천년 여한 없이 너를 바라보리.

어차피 한 몸이 될 수 없는 우리
비가 오고 눈이 오고
숱한 바람이 불고 외로워도
다가가 안아줄 수 없다면,
차라리 부동不動의 나무가 되어
한 천년 이대로 서로를 바라보리.

잎 피고 잎 지는
사계四季의 그림자를 바라보리.

사랑한다고 그립다고
너무 가까이 다가가지 마라.
어차피 우리는 타인인 것을….
멀리서 지켜보는 것도 사랑이다.

우리는 타인이다. 그 누구와도 한 몸이 될 수 없다. 부모도, 자식도, 사랑하는 사람도 한 몸이 될 수 없다. 때가 되면 모두 온 곳으로 되돌아간다. 가면 그뿐이다. 곁에 있는 이들에게 많은 것을 기대하지 마라. 내가 그들에게 무엇을 줄 수 있는지가 더 중요하다. 누군가에게 행복을 주었을 때 더 큰 기쁨을 느껴라. 산다는 것이 그렇더라.

타클라마칸

누구나 마음에 타클라마칸 사막이 있다.
한번 빠지면 도저히 헤어날 수 없는 사랑 같은 게 있다.
시리고 차가운 혹한의 바람은 어디에서 부는가.
내가 만든 그 시련의 발원지는 어디인가.

내 마음의 중심에서 자꾸 회오리가 인다.
황사 속에서 길을 잃은 그대,
그 시련은 누가 만든 게 아니다.
내가 만든 아픔, 내가 만든 슬픔, 내가 만든 외로움이다.

어서 캄캄하고 지독한 마음의 사막에서 벗어나라.
그곳을 지나면 오아시스 누란이 있다.
진정한 사랑이 손을 흔들며 기다리고 있을 것이다.

혹한의 겨울 나는 인도와 네팔을 지나 '헤어날 수 없는 곳'이란 뜻을 가진 타클라마칸 사막과 그 끝에 있는 고대 도시 누란을 거쳐오는 참으로 힘든 여행을 한 적이 있다. 이 길은 신라 시대 혜초 스님이 구법 여행을 가신 길이기도 하다. 그때 나는 노트에 강렬하게 떠오른 이 시를 메모했다.

살면서 도저히 헤어날 수 없는 타클라마칸 사막 같은 미궁을 헤맬 때가 있다. 그런데 그 시련은 누가 만든 것일까? 그 누구도 아닌 자기 자신이 만든 것이다. 하지만 그 미궁을 빠져나오게 하는 것도 바로 자신이다. 그곳을 지나면 삶의 오아시스, 누란이 있을 것이다.

잊고 있던 옛사랑

생은 여운으로 살아가는 것,
아슴아슴 그 추억을 느끼려면
지금 열차를 타고 남이섬으로 가보라.

하늘거리는 순백의 눈꽃과 강바닥에서
스믈스믈 피어오르는 물안개,
영혼을 스치는 바람과
눈물이다 싶은 고요 몇 점,
그대 기다리고 있으리니
바쁜 시간을 뒤로하고 가보라.

그대 오래 잊고 있었던 옛사랑이
평행한 철길과 강을 건너
지금 기다리고 있을 것이니
전나무 숲을 따라서 홀로 걷다 보면
어쩌면 옛사랑이
뚜벅뚜벅 걸어올지도 모르는 일.

그대 모르는 사이에

추억의 눈꽃이 낙엽처럼 쌓인다.

생은 여운이며 추억의 연속.

지금 그대 사랑을 붙잡지 못하면

영원히 물안개처럼 사라질지도 모르는 일.

지금 그대 남이섬으로 가서

서성이는 외로움을 붙잡으라.

그 여자의 이름은 가을

깊은 생각에 잠긴 구월의 하루,
남도행 버스를 타고 창밖을 바라보다가
문득 낯선 기억 하나가 뇌리에 박힌다.
그 여자의 이름과 그 여자의 유쾌한 생머리,
지금 그 여자는 어디에 살고 있을까.

있지도 않을 그 여자의 흔적을 찾아
행여 있어도 전화 걸 이유도 없겠지만
휴대폰을 자꾸 만지작거리는데
차창 밖 붉은 나뭇잎이 스치듯 떨어진다.
그렇게 가끔씩 기억은 아프게 찾아와서
어지럽게 마음을 헤집고 나서는 저 혼자 도망간다.

그래, 무언가를 잊는다는 건 참 힘든 일인데
어찌하라고, 어찌하라고 붉은 가을은
나를 더 깊은 곳으로 침몰시킨다.
그 여자는 누구일까.
그 여자의 이름은 가을.

겨울밤

하루해는 짧고 긴 밤이 시작되는 겨울부터
너를 사랑한 죄 때문에 한잠도 이루지 못했다.
하얀 종이 위에 수북하게 쌓이는 사랑한다는 말,
버려도 다시 가슴속에 폭설처럼 쌓이는 그립다는 말,
차마 건네지 못했던 단어들이 낯선 시간 속으로 흩어진다.

바늘로 손가락을 수만 번 찔러도 이렇게 아팠을까.
불면의 밤은 깊고 도망간 첫사랑은 끝내 돌아오지 않고
하염없이 차가운 겨울비만 창문을 두드린다.

깊은 밤 책을 읽다가 가만히 눈을 감고 생각했다. 한때
는 사랑 때문에 잠을 이루지 못했던 시절이 있었다. 가
슴이 먹먹해서 밤새 미열로 앓은 적이 있었다. 그 사랑
을 오십이 넘어서도 생각하는 것은 한낱 주책일까. 아
들이 벌써 그때의 내 나이가 되었다. 이젠 사랑하는 것
도 두렵다.

사랑한다는 말
그립다는 말
차마 건네지 못했던 단어들이
낯선 시간 속으로 흩어진다.

아버지의 등대

섬은 바다에만 떠 있는 게 아니라
외로움이 깊어지면 사람도 섬이 된다.

길을 밝혀주던
등대의 불빛이 그리운 저녁,
퇴근길 집으로 가는 길이 낯설다.

내게 있어서 생은 폭풍이었다.
이젠 잔잔한 물결이기를…
그물에 걸리지 않는 바람처럼
내 아이들이 살아가기를…

아이들에게 등대가 되려고
열심히 노력했지만,
지금 돌아보니
나의 등대는 어디에도 없다.

아버지, 나이가 들면 생의 항해도

이렇게 고난해지는 것일까요?
외로움이 깊어지면
섬이 된다는 것을 느끼는 저녁,
지천명의 나이에 쓸쓸하다 못해
돌아가신 아버지가
철없이 그리워진다.

지천명을 훨씬 넘긴 나이, 저녁이 되면 홀로 섬이 되는
것 같다. 이 나이에 느끼는 외로움은 마치 무인도에 있
는 것 같다. 퇴근길 집으로 가는 길이 즐거워야 하는데
발걸음이 무거운 건 무엇 때문일까? 아이들의 등대가
되어주어야 하는데, 아직도 등불을 찾아 헤매는 심정.
이럴 땐 나도 철없이 어릴 때의 아버지가 그립다.

가을 편지

난지도 하늘공원에 갔더니
억새풀이 무성하게 자랐더라.
늙은 대신大臣의 수염처럼
바람에 흔들리고 있더라.
하늘과 지평이 맞닿아 빚어내는
저 눈부신 장엄莊嚴,
마음을 붙들어매던 몇 개의 고독과 그리움들이
길을 먼저 나서고 있더라.

길은 미로처럼 끊임없이 이어지고
나는 길을 잃어버리고 싶어
억새밭에 홀로 들어갔더니
먼저 온 새들이 놀라 하늘로 박차고 날아오르더라.
그래 그래 미안하다 새들아
내가 너희들의 평안을 무너뜨렸구나.

잘 지내냐고 건강하냐고
가을, 너는 그렇게 내게 안부 편지를 전했는데

이제야 나는 너를 찾아왔구나.
큰일 날 뻔했다, 너를 보지 않았다면.
그래, 나는 이 가을의 지독한 쓸쓸함을
온전히 다 견디지 못했을 것이다.
이제야 마음의 번뇌들을 다 버릴 수 있구나.

4부

길은 다시

처음으로
되돌아간다

남이섬 가는 길

가을에서 겨울로 들어서는 길목,
삼십여 년 만에 남이섬을 간다.
사랑보다 정 깊은 아내의 손을 꼭 잡고
청춘열차를 타고 간다.

한때는 산다는 게
섬이라는 생각을 한 적이 있었다.
툭하면 건너갈 수 있지만
다가갈 수 없는 그런 섬,
그래서 세상은 섬인 것이다.

강폭에 떠도는 바람 두어 개와
저녁 새가 부려놓은 고요 몇 점을 건너
몸은 남이섬에 닿았다.

언제였던가,
봉숭아꽃 같은 아내와 이 섬에 왔던 것은.
기억은 바람 같은 것이어서

늘 추억을 부리다가 이내 사라진다.

아마 서른다섯 해가 지났을 것이다.
내가 슬쩍 아내의 얼굴을 바라보자
아내의 머리에는 씨앗을 내린 흰 머리칼이
잔뜩 뿌리를 내리고 있다.

아뿔싸! 그건 새치가 아니라 세월이었다.
차마, 돈 주고 못 살 그런 세월이
무정하게 강물처럼 흘러갔던 것이다.

지금 나는 아내와 함께 그 추억을 떠올리려고
애를 쓰지만 아내는 여전히 내겐 섬이다.
툭하면 건널 작은 섬,
그런 섬이 내 곁에 있었다.

내가 홀로 여행을 떠나는 이유

내가 홀로 여행을 자주 떠나는 건
좀 더 외로워지기 위해서이다.
눈이 오는 날 공중전화 부스가 있는
한적한 시골 마을 낡은 정류장 옆에서
혹은 드문드문 메타세쿼이아와
자작나무 숲이 있는 곳에서
누군가에게 잘 있다는 안부를
문득 전하기 위해서이다.

길 위에서 지인에게 불쑥 전화를 걸면
그들은 반갑게 나에게 안부를 묻지만
가끔은 나를 외면할 때도 있는 것처럼
생은 뜻하지 않게 돌부리에 걸려 넘어질 때도 있다.
하지만 나는 전혀 그들을 미워하지 않는다.
왜냐하면 그게 바로 여행의 의미이기 때문이다.

어쩔 수 없이 떠나는 것과
자의로 떠나는 것은

전혀 다른 의미의 것.

내가 홀로 여행을 자주 떠나는 건

더 많은 그리움들을 만들고

더 많은 사람들을 만나기 위해서이다.

바람이 뺨을 스치는 오후의 주절거림

우울한, 너무도 우울한 오후
옥상에 서서 문득 먼 곳을 바라본다.
오른쪽엔 텅 빈 초등학교 운동장이 보이고
왼쪽 골목길을 지나면
예쁘지도 않은데 예쁜 척하는
어떤 여자가 운영하는 '설☵'이라는 카페가 있고
그 옆에는 정말 예쁜 여자가 운영하는
'파란'이라는 약국이 있다.
그 약국을 지나면 화창한 가을 하늘이 생각난다.

예쁘다, 예쁘지 않다는 말을
그녀들이 들으면 오해하겠지만
단지 나의 주관이 지어낸 명백한 말,
그건 오직 내 생각이 그렇다는 말.
오해하건 오해하지 않건
그건 그대들의 자유이다.

입에 문 담배 연기가 바람에 날린다.

옆집 아낙네가 늘어놓은 빨래에 묻는 연기,
쌍욕을 입에 두 말쯤 달고 다니는 그 여자가
나를 보면 틀림없이 눈을 흘길지도 모르는 일.
아니다. 그 여자는 나를 좋아했었다.
"전에 준 책 고마워요. 하하 시인인가 봐요."
그 여자는 아내보다 나에게 더 상냥하다.
왜 그럴까. 시로 밥을 말아 먹을 수도 없는데.

어쨌든 빨래처럼 내 외로움을 말릴 수 있다면
이제부터 날마다 옥상에 올라 세상을 바라보고 싶다.
첫사랑처럼 가을바람이 뺨을 스친다.
내 눈물이 빨래의 물방울이 되어 날아간다.

길은 다시 처음으로 되돌아간다

길은 다시 처음으로 되돌아간다.
모든 길은 왔던 길로 되돌아간다.

살면서 나를 기쁘게 했던 사랑,
살면서 나를 슬프게 했던 이별,
살면서 나를 설레게 했던 그리움,
살면서 나를 괴롭게 했던 외로움.

이 모든 것들도 시간이 지나면
처음 왔던 길로 되돌아간다.
길 속에 숨은 길이 또 있음을
내 어찌 몰랐던가.

어디선가 산사의 바람이
내 어깨를 가볍게 치고 간다.
무거웠던 무한중량의 삶이
길 위에서 풀어진다.
한 장 낙엽처럼 가벼워진 내 몸.

우리는 살면서 너무 많은 것에 마음을 빼앗기고 산다. 바로 삶에 대한 지나친 애착 때문이다. 우리가 쉽게 놓지 못하는 사랑, 이별, 그리움, 외로움조차도 시간이 지나면 모두 제자리로 돌아간다. 마치 걸어온 길을 다시 되돌아가는 것처럼. 이젠 놓아버려야 한다. 무한중량으로 짓누르는 나에 대한 집착을 놓아버리면 당신과 나의 마음은 한 장 나뭇잎처럼 가벼워질 것이다.

사랑은 어떻게 시작될까

누군가에게 사랑은
어느 날 문득
첫눈 내리듯 찾아오지만
다들, 그것이 사랑인지를 눈치 채지 못한다.

간혹 음표처럼 숨소리가
화음을 잃고 두근거리지만,
다들 그것이 사랑인지 알지 못한다.

그대와 나는 오래전부터 그랬었다.
아니 원래 사랑은 그런 것이라는 걸
알지 못했을 뿐이다.

사랑은 이렇게 우연을 가장하고
멀리서 천천히 느리게 걸어온다.
다만, 너와 내가 그것을 몰랐을 뿐이다.

누구나 다 사랑의 시작과

종점을 모르듯이
그냥 그렇게 왔다가
그냥 그렇게 스쳐 지나가는 게
사랑이라는 걸 알지 못한다.

세월이 많이 흘렀다.
그 사랑이 지금 내게 와서 문을 두드린다.
나는 그 문의 손잡이를 잡고
열까 말까 망설인다.

아니다. 이미 때가 늦었다.
사랑이여, 그냥 돌아가라.

환幻

그날은 바람 불어 벚꽃이 흩날리는 봄이었다.
퇴근길 늘 집으로 가는 길이었지만
문득, 그 길이 무척 낯설었다.
길도 계절이 지나면 색을 바꾸는 것처럼
내 몸도 따라서 점점 늙어가는 날이었다.

봄이 왔는데도 심중에
꽃 하나 피지 않은 그날은 정말 이상했다.
길 위에서 만난 아내의 얼굴이
처음 만난 것처럼 낯설어지고
불현듯 자라버린 내 아이의 얼굴이 낯설었다.

그날만 그런 것이 아니었다.
늘 마주 보는 길과 아내와 아이들이
낯설어지는 것은 무슨 이유일까.
나만 그런 것일까.
어차피 생은 늘 미로였다가
미끄러지듯 빠져나오는 것,

나이가 들면서 자주 헛발질을 하고 자주 멍청해졌다.

어차피 생은 태어났을 때부터 낯선 것,
되돌아가는 길도 낯선 것은 당연한 일.

그날은 하루 종일 이상한 날이었다.
눈에 보이는 것들은 모두 환幻이었고
들리는 것들은 모두 환청이었다.
그건 우중충한 날씨 탓이었다.

봄이 왔는데도 심중에
꽃 하나 피지 않은 그날은 정말 이상했다.
길 위에서 만난 아내의 얼굴이
처음 만난 것처럼 낯설어지고
불현듯 자라버린 내 아이의 얼굴이 낯설었다.

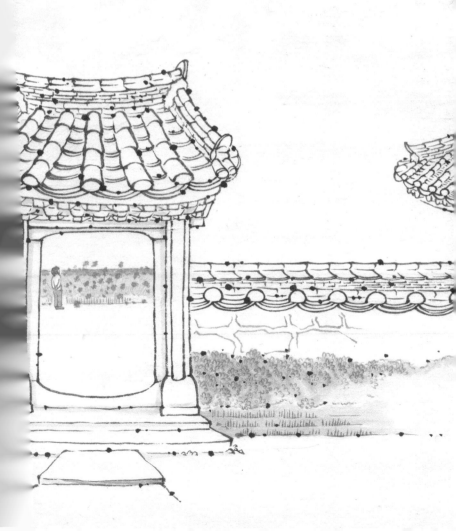

어느 겨울, 카페에서

나는 스물두 살의 가벼운 바람으로 외출을 하였네. 눈은 내려서 무릎을 덮고 사랑은 겨울 유리창을 흔들며 물 끓는 소리가 들렸네. 우울한 여자들만의 섬인 카페에서 겨울은 한 잔 쓰디쓴 커피 같은 쓸쓸한 음악. 한 소절의 절망이 내 가슴속 깊이 앙금으로 가라앉고 있었네.

고개 들면 목탄으로 그린 풍경화의 사진틀이 흔들리고, 목선이 흔들리고 그대 조용한 물방울의 가슴이 흔들리고, 탁자가 흔들리면 여자들은 슬픔의 배경 속으로 빠지네. 그랬네. 내 아무렇게나 살아온 스물두 살의 생이 잔 속에 가볍게 흔들렸네. 안개꽃 나의 가슴에 싸락싸락 눈이 내리네. 유리창 안팎 그럴 수 없는 따뜻한 체감. 아아, 여자들이여. 그대들은 섬인 채로 그대로 머물러 있는가.

갈대밭 척추의 겨울은 서걱이고 그대들의 사랑은 오랫동안 늪에 빠진 듯 닻을 거두지 못하고 죽음보다 깊이 바스라지네. 스산한 겨울 목조의 카페에서 깊은 우울 속으로 빠지고 있네.

1980년대, 그 시절 우리는 주말이면 서울역에서 완행 열차를 타고 백마로 가 막걸리를 마셨다. 그곳엔 낭만이 있고 추억이 있었다. 사랑이 있었고 열정이 있었다. 백마 '화사랑'에서 술을 마시고 기찻길 옆에 쓰러져 눕던 그 시절이 그립다. 이제 그런 시절은 다시 오지 않을 것이다.

눈먼 사랑

삼십 년 하고도 오 년이 훨씬 지난
과거의 어느 날,
나는 너를 사랑했었다.
역전에 드문드문 눈이 내리면
덜덜거리는 문산행 열차를 타고
백마, 버릇처럼 너를 만나러 갔었다.
그곳에 가면 화사랑이 있었다.

하룻밤 눈먼 사랑이 눈먼 사랑을 만나서
양철 주전자에 막걸리를 담고
절망을 안주 삼아 마셨다.
그게 우리의 무기였다.
그땐 그 흔한 두부도 없었고
그땐 주어와 동사만 있었다.
쓸데없는 형용사는 철둑길에 버려두고
오직 나는 너를 사랑한다는 말
그뿐이었다.
그래, 정말 그뿐이었다.

주어와 동사만 남은 우리는
오직 맨몸으로 서로를 사랑했었다.
그렇게 앙상한 드라이플라워처럼
서로를 사랑하고 앙상한 시를 썼다.
이유가 없는 그런 사랑을
지금도 나는 하고 싶다.

첫눈

첫눈이 내렸나요?
이번 겨울엔
첫눈 소식이 아직 없네요.

아니 내렸는데
내가 보지 못했나요.

시절이 하 수상해
눈 내린 것도 몰랐네요.

이미 그대는
첫눈을 밟고 지나갔나요.

나만 그 소식을 몰랐다면
다시 내게 첫눈 소식을
주면 안 될까요?

마음이 아파요.

눈물이 날 것 같아요.

그대 이미 몰래 왔는데도
내 상처가 깊어 몰랐네요.

다시 와주세요.
사람이 그리운 이 깊은 밤
상처 난 내 마음속에
예쁜 눈사람 하나 만들게요.
그래야 잠들 수 있을 것 같아요.

누구나 한 번쯤은

누구나 한 번쯤은 사랑 때문에 아파하지.
누구나 한 번쯤은 사랑 때문에 시퍼렇게 멍들지.
아파본 적 없고 시퍼렇게 멍들어보지 못한 사람은
그리움이 뭔지 사랑이 뭔지 정말 모르는 사람이야.
그러니 누가 나를 치유할 수 있겠어.
오직 나를 치유할 수 있는 사람은 너뿐이야.

상처

사람에겐 누구나 상처가 있다.
상처의 깊이는 사람마다 제각각 다르지만
아물지 않는 상처란 없다.

가끔은 생각하기 싫은 추억의 언저리를 더듬다가
저도 모르게 눈물이 날 때가 있는 것처럼,
상처란 마음속 깊이 잠들어 있는 것이니
애써 끄집어낼 필요는 없다.
누구나 상처를 안고 살아가기 때문이다.

상처는 때로 추억이기도 하다.
그 추억의 뒷장을 하나씩 넘기다 보면
어느새 성큼성큼 세월의 담벼락을 타고 넘어오는
그 상처의 이름과 장소들,
마음속에 못처럼 아주 깊이 박혀 있다.
어쩌면 상처의 언저리가 덧날지도 모른다.

아직 읽지 않은 책의 뒷장처럼

부치치 못한 손편지처럼
쓸쓸하게 긴 여운을 남기는 상처란
늘 깊고 오래가는 법,
더 이상 생각하지 마라.
사람에겐 누구나 상처가 있다.

가끔 잊고 싶은 상처들이 있다. 그런데 자꾸 생각하다 보면 그 상처들이 녹슨 못이 되어 몸도 마음도 상하게 한다. 그때는 과감히 호주머니 속 먼지를 털듯이 털어 버리자.

가끔은 생각하기 싫은
추억의 언저리를 더듬다가
저도 모르게 눈물이 날 때가 있는 것처럼,
상처란 마음속 깊이 잠들어 있는 것이니
애써 끄집어낼 필요는 없다.

오랜 사랑의 얼굴

오래된 그 여자에 대한 기억이 흐트러진다.
스무 살 때 하이힐을 신고
중심을 잘 잡고 걷던 여자,
사랑스럽고 예뻤던 그 여자.

세월이 주마등처럼 흘러갔다…
자존심이 강해 오뚝했던 콧날은
무기력한 한 남자 때문에 낮아지고
이젠 그 여자에 대한 기억은 없고,
두 아이의 엄마가 된 중년의 여자만
내 곁에 남아 있다.

여자의 자존심은 남자가 세워주는 것,
세월을 되돌릴 수만 있다면
그 하이힐 소리를 들을 수 있을 텐데.
옛날 그 여자는 곁에 없고
날마다 투덜거리는 중년의 여자만 내 곁에 있다.
그 여자가 누굴까?

재즈가 있는 자라섬

자라섬 가는 길에 시가 말을 걸어왔다.
말을 걸어오는 것은 그뿐만이 아니었다.
나란히 함께 걷던
그 여자도 재잘재잘 말을 걸어왔고
시월 청명한 가을 하늘 황금 느릅나무,
구절초, 재즈도 말을 걸어왔다.

걸어오는 시의 소리를
한 구절도 놓치지 않으려고
귀를 열어 대꾸도 하지 않고 집중했다.
섬과 숨 사이 허공을 걷는 듯한
몽환夢幻이 알맞게 바람으로 풀어졌다.
내 안에 감추어두었던 시가 자꾸 설設을 풀어서
심장을 두근거리게 하다가 끝내 쾅쾅 뛰었다.

더러는 너무 아쉬워서 결별하지 못하는 듯
아예 자리를 깔고 돌아가지 못하는 연인들,
허공에 갈지자로 풀어지는 음계,

말없는 저녁에 듣는 말없음의 재즈,
나는 무어라 다 풀지 못하고 땅만 바라보았다.
흩어진 말들을 주워 담기에는
너무 늦어버린 저녁이었다.

진심

눈빛만 바라보아도
꼭 말을 하지 않아도
이미 나는 너의 마음을 온전히 다 알고 있어.

왜냐고?
너의 마음과 내 마음 사이에는
미움과 사랑이라는 미세한 전류가
항상 흐르고 있으니까.

순간순간마다 일어나는 감정으로 인해
나는 너에게 너는 나에게
감전이 되고 마니까.
너의 진심을 알고 있으니까.

그러니 아파하지 마.
그러니 울지 마.

연가戀歌

불면으로 깊어가는 밤,
그대 생각 때문에
잠을 이룰 수가 없다.
추억의 순간들이
무수한 사진으로 겹쳐지고
모든 것이 인연 아닌 운명이었음을.

얼마나 많은 시간들이 흘러야
내가 그대를 느끼고
그대가 나를 느낄 수 있을까.
이 밤이 다 가도록
소식 없는 그대로 인해
외롭다 못해 나는 아프다.

추억의 순간들이
무수한 사진으로 겹쳐지고
모든 것이 인연 아닌 운명이었음을.
얼마나 많은 시간들이 흘러야
내가 그대를 느끼고
그대가 나를 느낄 수 있을까.

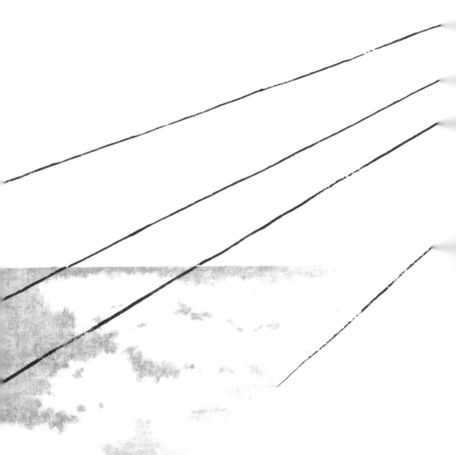

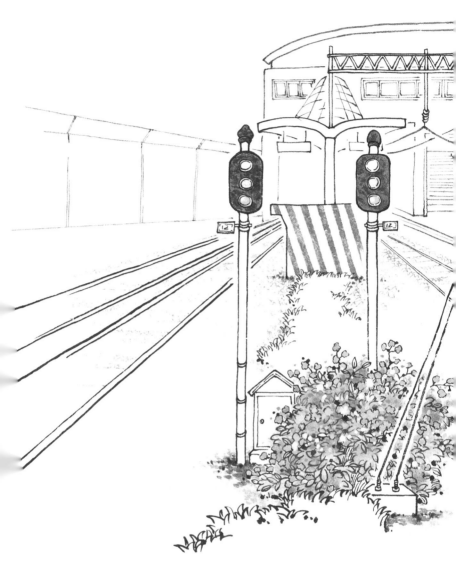

빈터에서

저문 가을 산길을 홀로 걷고 있네.
말없이 떨어져 쌓이는 낙엽 한 장,
낙과落果처럼 내 가슴이 붉어지네.

이미 먼지가 된 약속과
희미한 등불에 빛나는 사랑,
가을의 뒤안길을 걷고 있네.

가끔씩 가을바람 옷깃 스치면
그대는 알까?
벌초해두지 못한 그리움이 저녁 산을
온통 흔들어놓는다는 것을.

작은 풀벌레 울음소리 하나
감추지 못하는 그대가 가을이라면
나는 한 송이 들꽃이라네.

문득 안개가 되어 떠나는 그림자,

산이 되지 못한 그리움으로 올라가
산봉우리에 불타는 그대 가을은
더 이상 깊어질 수가 없네.

이승도 저승도 아닌 스물의 빈터에서
들꽃 하나로 남은 나는.

스무 살 즈음에 쓴 시를 읽는 재미에 빠지곤 한다. 그땐
왜 그리도 쓸쓸한 감정에 빠져 있었는지 나도 모르겠
다. 하여튼 툭하면 외로워했고 툭하면 눈물이 났다. 아
마 시에 푹 빠져 있었던 것 같다. 폭탄처럼 터져나오는
쓸쓸한 감정들은 아마 누군가를 좋아했기 때문이었을
것이다. 하지만 오십 중반의 나이에 이런 시를 다시 읽
는 기분이 삼삼한 것은 무슨 이유일까?

비가 오는 날엔

선유도 저 빗속을 누군가가 걷고 있다.
우산도 없이 하염없이 걷고 있다.

비에 흠뻑 젖은 그의 모습을 보고
뛰어가서 그의 우산이 되고 싶었지만,
그의 고독은 온전히 그만의 것.

그대 누군가가 비를 맞고 있다고 해서
그에게로 가서 우산을 씌워주지 마라.
부질없이 왜 비를 맞고 있는가를 묻지 마라.

때론 누군가의 외로움을 지켜보는 것도
그를 위해 좋은 일이다.

외로움은 다 이유가 있다

— 강화 석모도에서

저녁이 되어서야 그 섬에 가닿았다.

빗물은 내 눈물과 섞여 빗금 치듯 내리고

우산도 없이 섬을 품은 서해 바다를 바라본다.

어깨 젖은 자와 날개 젖은 새들의 운무雲霧,

지금 너와 나는 한통속이 되어

외로움을 견디고 있을 터.

침묵은 문장의 행간을 비우거나

애써 마음을 드러내지 않는 것,

나는 섬에게 외롭다는 말 한마디 하지 못하고 오래 참았다.

어차피 네가 내 마음을 알고 있다는 걸

이미 오래전부터 알고 있었기 때문이다.

이것이 오늘 내가 너를 찾아온 이유다.

나를 이대로 내버려두라.

몸과 마음이 비에 젖음에도 돌아가지 않고

안개 짙은 포구에 서성이는 것은 다 이유가 있다는 걸

섬은 섬이 될 수밖에 없다는 걸

뒤늦게 알았기 때문이다.

나를 이대로 내버려두라.

사랑한다는 말을 하기 전에

사랑한다는 말을 하기 전에
그가 나를 얼마나 사랑하는지를 먼저 생각하라.

너무 오래 참아서 입안에 침묵의 꽃이 피고
너무 오래 참아서 가슴이 시퍼렇게 멍들지라도
그가 나를 얼마나 사랑하는지를 먼저 생각하라.
그게 사랑에 대한 예의이다.

사랑은 밀고 당기는 것.
사랑을 쟁취하려고 애쓰지 마라.
너무 다가서면 그는 도망갈지도 모른다.

누군가를 사랑하는 것보다
누군가로부터 사랑받는 것이
더 오래가고 행복하다.

멀리서 지켜보면 그가 다가오는 것을
온몸으로 느낄 수 있다.

그것을 감지하지 못한다면 그는 내 사랑이 아니다.
함부로 누군가에게 고백하지 마라.
다가가면 멀어지는 게 사랑이다.
천천히 그 사람의 마음을 먼저 읽어라.

진실로 사랑한다는 말이 그의 가슴에
따뜻한 불씨를 지필 수 있음을 느낄 때
사랑한다고 고백하라.
그래야 내 사랑이 도망가지 않는다.

5부

저물어가는
것들은
　　모두 아름답다

가을비 오는 날

나는 너의 우산이 되고 싶었다.
너의 빈손을 잡고
가을비 내리는 들길을 걸으며
나는 한 송이
너의 들국화를 피우고 싶었다.
오직 살아야 한다고
바람 부는 곳으로 쓰러져야
쓰러지지 않는다고
차가운 담벼락에 기대서서
홀로 울던 너의 흰 그림자.
낙엽은 썩어서 너에게로 가고
사랑은 죽음보다 강하다는데
너는 지금 어느 곳
어느 사막 위를 걷고 있는가.
나는 오늘도 바람 부는 들녘에 서서
사라지지 않는 너의 지평선이 되고 싶다.
사막 위에 피어난 들꽃이 되어
너의 천국이 되고 싶다.

시와 벚꽃

바람 불자 꽃잎이
허공을 몇 바퀴 돌더니
그만, 내 발밑에 떨어졌어요.
지는 꽃잎이 못내 아쉬워서
나는 가만히 입술에 대었지요.
약간 쓴맛이 났어요.

봄의 저 꽃잎이 내겐
독약인 것을,
그때 난 처음 알았어요.
왜 독약이냐고요.
그건 당신이 더 잘 알 거예요.

나를 미치도록 외롭게 만드는데
독약이 아니라면 무엇일까요.
찰나에 피었다가
영원으로 가는 꽃잎을 보고
미치지 않는 건 바보이니까요.

내 사무실은 온통 유리로 되어 있어서 벚꽃이 바람에 흔들리는 걸 한눈에 볼 수 있다. 찰나에 피었다가 찰나에 지는 벚꽃이 다 보인다. 나는 한동안 넋 놓고 그걸 바라보았다.

봄은 어디 가고 눈만 내렸다

애인아, 너는 지금 어디에 있니.
봄이 왔다는 문자를 종일 보냈지만
답장은 아니 오고 때늦은 눈만 내렸다.

바람 따라 꽃샘추위도 가버린 지 오래인데
아직도 너의 마음속에 꽃은 피지 않았니.

하긴, 겨울도 서성이다가
마지막 눈발을 뿌리는데
쉽게 내 사랑이 나를 용서해주겠니.

그대가 묻지 않았던 봄소식을
내가 먼저 알린 것도 잘못이지만,
아니 착각이지만
우리 사이에도
따뜻한 봄이 어서 왔으면 좋겠다.
병든 세상에 어서 봄이 왔으면 좋겠다.

달 밝은 밤

이상하다.
널 부른 적이 없는데
매일 밤마다 찾아와서
나를 괴롭히는 이유가
차마 뭐니.
몸도 마음도
다 늙은 마당에
하필,
달은 왜 그리 휘영청 밝아.
잠 안 오는 밤에
귀신처럼 나를 부르는
너 도대체 누구니.

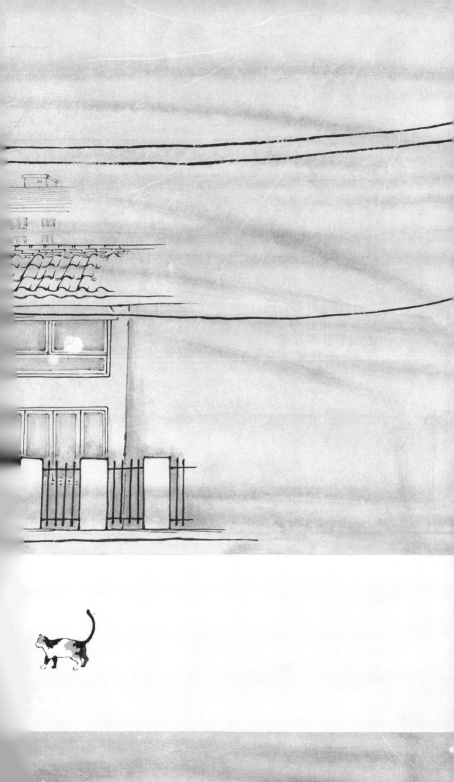

견딜 수 없는 것들이 있다

겨울을 견딜 수 없어서
나뭇잎이 제 몸을 버리듯이
견딜 수 없는 것들이 있다.

눈 내리는 카페에 앉아서
홀로 고독을 꼭꼭 씹다가
누군가에게 전화를 하고 난 뒤
아무런 화답이 없을 때

혹은 바람 부는 날
사람들이 지나간 거리를
옷깃을 세우고 뚜벅뚜벅
혼자서 걸어갈 때

세상의 모든 안부들은 문을 닫고
철저히 나를 외면할 때

견딜 수 없는 것들이

견딜 수 없는 날들을 견디게 하다가
결국 고드름이 되어
심장을 파고드는 일,
그게 산다는 것임을 알았던 순간이다.

아내의 몸

눈물의 수위가 높아졌다.
내 눈물은 한번 떨어지면 멈출 줄 모른다.
한쪽 날개가 부러진 선풍기처럼
조금씩 삐걱거리는 내 몸.

마음에도 구멍이 생겨서
조그마한 일에도 심장이 자꾸 두근거린다.
눈물이 많아 눈이 아픈 것인가.
살면서 몸을 함부로 굴린 대가로
성한 곳이 하나도 없다.

머리 큰 아이들은 훌쩍 집을 나가버리고
갱년기의 아내는 늘 몸이 뜨겁다고 중얼거린다.
"여보 내 몸이 뜨거워요."
그럴 때면 차가운 물을 한 바가지 떠서 확 부어주고 싶다.
내 몸도 뜨거운 걸 알기나 알까.

몸이 늙어가면 마음도 늙고

사랑도 늙어 식어버린 지 오래인데
아내의 몸은 더 뜨거워지는 것 같다.
곁에 있으면 내 몸이 놀라고
아내의 몸도 놀란다.

그게 사는 것이라고 애써 나를 달래보지만
이미 아내의 몸은 가시로 덮인 위리안치圍籬安置이다.
외로움에도 수위가 있는가.
분명 무언가를 갈망하고 있는데
그게 무엇인지 모르겠다.
손에 잡히지 않는다.

문제는 곡선이 직선으로 보이고
직선이 곡선으로 보이는
내 몸과 눈을 파고드는 갱년기 탓이다.

세월이 점점 화살처럼 날아온다.
그걸 막을 방패 하나 없는 게 인생이다.

슬픔은 깊어가고

내 안에 네가 있어서
나는 너에게서
결코 도망가지 못한다.

네가 나를 그리움으로
오랫동안 포박한 탓이다.

너만 생각하면 눈물이 넘쳐서
너를 온전히 바라볼 수가 없다.
그리움이 깊어져서
마음에 홍수가 지는 날은
도무지 잠을 이룰 수가 없다.

오늘 밤 너로 인해
나의 슬픔은 더욱 깊어가고.

그믐달

그믐달은 제 그림자의 빛깔을 가지지 않아 쓸쓸하고
보름달은 제 그림자를 품고 있어 더욱 아름답다.
누가 달 뒤에 숨어서 그 아픔을 품고 있나.
누가 달을 갉아먹어서 눈썹만 남아 저토록 울고 있나.
돌아보니 참 많은 세월이 그믐처럼 흘러갔다.
생은 유한해서 살 만한 가치가 있고
인간이 가장 할 만한 것은 사랑이라고 했던가.
사는 동안 가장 즐거운 건 그 망각의 강을 건너
그믐 속에 숨은 그 사랑을 추억하는 거라고,
나는 언덕에 올라 그믐달을 지치도록 바라본다.

산다는 것

언제나 우리들의 생은
밀물과 썰물 사이에 서 있다.
산다는 것은
개펄에 발을 담그고
밀려오는 외로움을 홀로 견디다가
그 외로움을 썰물처럼 떠나보내는 것.
혹은,
말할 수 없는 것들을 품고
말할 수 없는 것들을 곱씹어
홍어처럼 오래 삭히는 것이다.
오래 삭힌 것들이 더 맛있다.
아프다고 말하지 마라.
잠시 네 몸을 밀물에 맡겨라.
어느 날 그 아픔이
썰물로 빠져나갈 때도 있을 것이다.
그게 바로 생인 것처럼.

빗속을 걷다

왕창 비가 내렸습니다.
빗소리가 너무 좋아 창문을 열고
홀로 멍청하게
비 내리는 풍경을 바라보았지요.
살다가 괴로운 일이 너무 많아서
살다가 눈물 머금을 일들이 하도 많아서
가끔 저 폭우 속에 뛰어들어가
흠뻑 젖고 싶을 때가 있습니다.
당신도 그렇지 않은가요.
왕창 비가 내리는 거리를
우산도 없이 한 번쯤 걸어보세요.
누가 빗속을 걷는 당신을 보고
미쳤다고 하더라도 괘념치 말아요.
그게 바로 산다는 것이니까요.

꽃의 말

꽃이 피면서 전하는 말은 뭘까.
꽃이 지면서 전하는 말은 뭘까.

꽃이 그저 피는 줄 알지만
바람과 강한 추위와 뜨거운 햇볕을 받아 먹고
내 안의 깊은 사유 끝에
제 생살을 찢고 몸을 여는 것이다.

꽃이 그저 지는 줄 알지만
다시 뜨겁게 필 한때를 위해
스스로 몸을 태우는 것이다.

어느 날 그 꽃이 내게 말했다.
누구나 다 아름다운 한때가 있고
누구나 다 외로운 한때가 있다고.

누구나 깊은 절망에 한 번쯤
발을 빠뜨릴 때가 있다고….

극복할 줄 아는 사람만이
삶의 가치를 스스로에게 부여하는 것,
함부로 절망하지 말고
함부로 외로워하지 마라.

어느 날 그 꽃이 내게 말했다.
누구나 다 아름다운 한때가 있고
누구나 다 외로운 한때가 있다고.

올 사람은 오고 갈 사람은 간다

세상에서 가장 이기적인 말은
사랑한다는 말이 아니라
나는 아직도 너를 기억하고 있다는 말이다.

사람은 누구나 다 마음속에
아무도 모르는 사랑 하나씩을 품고 산다.
그 사랑으로부터 잊혀가는 것을
누구나 다 지독하게 싫어한다.

누군가가 곁을 떠났음에도
그에게 영원히 나를 기억해달라는 것은
사랑이 빚어낸 이기심이다.
다들 그 이기심을 가지고 있다.
그게 사랑인 줄 착각하는 버릇이 있다.

집착과 사랑은 다른 것,
사랑은 기꺼이 떠나도록 길을 내어주는 것,
인연은 붙잡고 놓아주는 것이 아니라

어차피 올 사람은 오고 갈 사람은 간다.

이 밤이 다 새도록 기별이 없이 오지 않는다면
그는 이미 떠난 사람이다.
더 이상 기다리지 마라.

집착을 끊어버리면 그 사랑도 끊어지지만
새로운 사랑이 걸어온다는 것을 명심하라.

섬에서 띄우는 편지

저물 무렵 바위에 앉아
먼 섬을 바라본다.
섬이 나를 보고 묻는다.
왜 이제 왔냐고.

살면서 외로워 섬이 된 적이 있었다.
사람들은 알까?
나이가 들수록 스스로 섬이 된다는 것을.

참 많은 세월이 바람처럼 지나갔다.
내가 기억하는 사람들 중 몇은
죽어서 별이 되었고
나는 그들과의 추억을 더듬는다.

산다는 것은 무엇일까.
그들을 기억하면서
슬픔들을 이겨내는 것일까.
바람과 적막이 머무는 남해의 외딴섬,

나는 그대에게 편지를 쓴다.

외롭고 힘들더라도 더 오래 사랑하라고.

산다는 것은 무엇일까.
그리운 것들을 추억하면서
슬픔을 이겨내는 것일까.
나는 그대에게 편지를 쓴다.
외롭고 힘들더라도 더 오래 사랑하라고.

길이 멀고 험할지라도

내 몸이 그대를 사랑하고
내 마음이 그대의 모든 것을 사랑하고
그대가 나의 몸을 사랑하고
그대의 마음이 나의 모든 것을 사랑한다면
아무리 그 길이 멀고 험할지라도
그대와 나는 만날 수밖에 없다.

익명의 섬

.

우리는 모두 익명이다.
내 몸에 그저 석 자 이름만 달렸을 뿐,
내가 누구인지 어디서 왔는지
나는 아직 잘 모른다.

다만, 사랑으로 태어난 몸이라서
지구라는 익명의 이 섬에서
그립고 그리운 사람을 만나서
그저 이렇게 한세상을 살다가 갈 뿐이다.

만일 이 세상에 사랑이 없다면
살아야 할 가치가 있을까?
아프거나 기쁘거나 슬프거나
돌이켜보면 그 또한 사랑이다.

우리가 그동안 사랑으로 인해 흘린
눈물과 슬픔의 무게를 달면 얼마나 될까?

우주는 넓고 우리는 그저
점 하나에 지나지 않는다,
지구라는 이 익명의 섬에서는.
그러니 너무 아파하지 마라.

인간이라는 존재는 어차피 사랑의 부산물이다. 그래서
우리는 평생 사랑을 갈구하고 산다. 그게 숙명이다. 그
러므로 그 안에서 나 자신을 찾아야 한다. 깊은 사유의
길로 들어가야 한다.

저물어가는 것들은 모두 아름답다

강화 석모도, 지는 해를 홀로 바라본다.
어디선가 간혹 차가운 바람이 불고
귓가에 뱃고동이 울린다.
저물어가는 것들은 모두 저토록 아름다운가.

깊은 사유는 먼 섬을 돌다가
거친 파도가 되어 마음속에 와서 부서진다.
삶이란 누군가에게 용서받고 용서하는 일,
살아온 날들이 많아서 죄스러움이 깊어서
오늘 나는 생의 또 다른 질문을 내게 던진다.

그랬었다.
나는 그동안 온전히 무언가를
버리고 놓지 못했었다.
저물어가는 것들은 모두 아름답다는 것을 느꼈다면,
나는 이미 오래전에 집착의 끈을 놓아버렸을 것이다.
자책은 먼 바다를 돌다가
다시 내 발 앞에 풀어진다.

지나온 길은 어쩔 수 없는 것,
어미 새가 저녁이 되면 집으로 돌아가듯
내가 만든 생의 매듭을
이젠 스스로 풀어야 할 때,
홀로 지는 해를 바라보며 생을 생각한다.

책에 사용한 그림들

- p.22-23, 〈주위의 풍경은 무척 조용했다. 그 날은 그해 들어 처음으로 아주 따뜻한 날이었다〉, 72.5×60.5cm, 한지에 채색, 2013.

- p.32, 〈햇살이 좋아서 – 신포동 카페 거리〉, 29.7×42cm, 한지에 먹과 채색, 2016.

- p.36-37, 〈그 이름처럼 아름다운 무지개를 기다린다〉, 72.5×60.5cm, 한지에 채색, 2015.

- p.44-45, 〈동네 한구석, 반복되는 추억의 옛 노래 – 인천 화수동〉, 29.7×42cm, 한지에 채색, 2016.

- p.62, 〈오랫동안 내린 비 – 1〉, 61×73cm, 한지에 채색, 2013.

- p.75, 〈가로등 불빛이 더해지는 시간〉, 60.5×72.5cm, 한지에 채색, 2014.

- p.86-87, 〈전철이 우연히 종점에 닿았다〉, 72.5×60.5cm, 한지에 채색, 2014.

- p.92-93, 〈저 멀리서 계절의 노래를 흥얼거리고 있다〉, 72.5×60.5cm, 한지에 채색, 2015.

- p.104, 〈가지 끝에 또 다른 봄〉, 29.7×42cm, 한지에 채색, 2016.

- p.122-123, 〈하얀 목련이 단정한 여인처럼 어찌 그렇게 조용히 피어 있는지〉, 72.5×60.5cm, 한지에 채색, 2013.

- p.134, 〈달빛 가득한 그곳으로〉, 72.5×61cm, 한지에 채색, 2015.

- p.142-143, 〈바람이 얼굴을 스치고 지나가고, 하늘의 푸른색은 모든 것을 말해주고 있다〉, 72.5×60.5cm, 한지에 채색, 2013.

- p.158-159, 〈드디어 도착한 전철의 종점〉, 72.5×60.5cm, 한지에 채색, 2013.

- p.169, 〈공원의 아침〉, 72.5×60.5cm, 한지에 채색, 2016.

- p.180, 〈가을 전등사〉, 29.7×42cm, 한지에 채색, 2016.

- p.189, 〈괭이부리마을 나무들의 봄〉, 29.7×42cm, 한지에 채색, 2016.

- p.198-199, 〈따뜻한 봄날 빈 철길이 긴 선을 그리고 있다〉, 61×73cm, 한지에 채색, 2014.

- p.214-215, 〈올해도 변함없이 이 자리에서 첫눈을 맞이해〉, 72.5×60.5cm, 한지에 채색, 2015.

- p.226-227, 〈일상이 시가 되는 풍경 – 강화도 불은면〉, 29.7×42cm, 한지에 채색, 2016.

아주 오래된 연애

2017년 12월 7일 초판 1쇄 발행

지은이 · 정법안 | 그림 · 정빛나

펴낸이 · 김상현, 최세현
책임편집 · 손현미, 김유경 | 디자인 · 고영선

마케팅 · 권금숙, 김명래, 양봉호, 임지윤, 최의범, 조히라
경영지원 · 김현우, 강신우 | 해외기획 · 우정민
펴낸곳 · 마음서재 | 출판신고 · 2006년 9월 25일 제406-2006-000210호
주소 · 경기도 파주시 회동길 174 파주출판도시
전화 · 031-960-4800 | 팩스 · 031-960-4806 | 이메일 · info@smpk.kr

ⓒ 정법안(저작권자와 맺은 특약에 따라 검인을 생략합니다)
ISBN 978-89-6570-540-6 (03810)

쌤앤파커스(Sam&Parkers)는 독자 여러분의 책에 관한 아이디어와 원고 투고를 설레는 마음으로 기다리고
있습니다. 책으로 엮기를 원하는 아이디어가 있으신 분은 이메일 book@smpk.kr로 간단한 개요와 취지,
연락처 등을 보내주세요. 머뭇거리지 말고 문을 두드리세요. 길이 열립니다.